대한민국의
비상

대한민국의 비상 3권

〈독도와 일본〉

초판1쇄 펴냄 | 2011년 12월 21일

지은이 | 백도라지
발행인 | 성열관

펴낸곳 | 어울림 출판사
출판등록 / 2009년 1월 23일 제313-2009-12호
주소 / 서울시 마포구 서교동 395-64 회산빌딩 3층 302호
TEL / 02-337-0120
FAX / 02-337-0140
E-mail / 5ullim@hanmail.net

Copyright ⓒ2011 백도라지

값 8,000원

ISBN 978-89-6430-705-2 (04810)
ISBN 978-89-6430-678-9 (SET)

대한민국의

비상

독도와 일본

목차

대박난 투명금속

　형진이가 아침 일찍 출근하여 신문을 펼치니 1면에 일본
이 독도를 국제재판에 회부하겠다고 발표했다.

　그리고 한국도 당당하게 국제재판소에 나와 항변하라고
했다. 형진은 이 기사를 보고 화를 벌컥 냈다.

　"이 새끼들은 까닥하면 독도를 가지고 시비야? 빌어먹
을 자식들! 밥 처먹고 그렇게 할 일이 없어?"

　한국정부에서는 당연히 독도는 우리 영토인데 일본과 국
제재판소에서 재판을 할 일이 무어냐라고 일축해 버렸다.

　형진은 이 기사를 읽고 머리를 끄덕였다.

　"거 쪽발이 녀석들이 참다못해 이제는 본격적으로 시비

를 거네."

형진으로서는 일본이 조그만 독도 땅을 가지고 왜 자꾸 시비를 거는지 알 수가 없었다.

한국을 36년이나 지배하고 괴롭혔음에도 조금도 반성을 못하고 오히려 독도를 가지고 한국을 괴롭히며 즐기고 있었다.

그런 그들의 행태는 섬나라 변태 놈들이라는 욕이 절로 나오게 만들고 있었다.

일본이 가끔 이런 심술을 부릴 때마다 한국정부와 국민은 크게 분노했다. 아마 일본 사람들은 이것을 즐기는 모양이다.

그러니 심심하면 독도를 들고 나와 한국 사람들의 감정을 사납게 만드는 게 아닌가?

형진은 기분 좋게 아침 일찍 출근하였다가 신문 기사를 보는 순간 기분이 망쳐졌다.

형진은 일본이 연례행사처럼 독도를 가지고 장난을 치다가 결국은 양국이 이를 빌미로 무력충돌을 하게 되지 않을까 염려가 되기도 했다.

그러잖아도 일본 해군이 가끔 독도 근방에서 무력시위를 하고 간다고 하는데, 그에 잔뜩 불만을 가진 한국 해군이 일본 해군의 만행(?)에 제동을 걸고 나설지도 모른다.

만약 독도 문제만 아니면 일본은 한국의 그냥 그런 이웃으로 기억될 수도 있을 것이다.

형진이가 이런 생각을 하고 있는데 권 박사가 들어왔다. 형진은 권 박사를 반갑게 맞으며 자리를 권했다.

"박사님, 공장은 어떻게 되어 갑니까?"

넉넉한 미소와 함께 권 박사가 입을 열었다.

"공장이라고 뭐 크게 시설할 것이 있습니까? 이미 모든 시설이 끝나고 대기 중에 있습니다."

"아! 정말로 다행이군요. 그러면 곧바로 생산을 시작합시다."

권 박사의 눈이 커졌다.

"뭐, 주문 들어온 것이라도 있습니까?"

형진의 얼굴에 조금은 복잡한 감정들이 묻어 나왔다. 권 박사가 그런 형진의 표정을 보면서 조심스러워했다.

"그러잖아도 그것 때문에 박사님을 오시라 한 것입니다. 우리 군에서 레이저포 40문을 주문했습니다."

권 박사의 얼굴이 환해졌다.

"아! 그렇습니까? 그거 매우 반가운 일입니다. 그런데 납기일은 언제 입니까?"

"내년 6월 말입니다. 어떻게, 그때까지는 가능하겠습니까?"

"아, 그러고 말고요. 그때까지면 충분히 생산해 낼 수 있

습니다."

권 박사의 자신의 찬 말에 형진은 가만히 고개를 끄덕였다.

"그것 참 천만 다행입니다. 우리 군은 그 무기를 빨리 갖고 싶어 하는 것 같았습니다."

"왜 안 그렇겠습니까? 그것만 가지면 이제 더 이상은 제공권을 걱정하지 않아도 될 터인데요."

권 박사의 말이 끝나자 형진이 화를 냈다.

"그런데 말입니다. 쩨쩨하게 겨우 40대를 가져다가 무엇에 쓰려는지 모르겠습니다. 이왕 만들어가는 김에 한 100대 정도는 주문을 해야지요."

군의 주문이 자신의 기대에 못 미친 것 때문에 형진이 투덜거리고 있는 것을 알자, 권 박사의 표정이 한결 온화해졌다.

"하하, 그거 40대만 가져도 든든할 것입니다. 레이저포 100대면 돈이 얼마인데 군부에서 한꺼번에 그렇게 많이 사갈 수 있겠습니까? 그러나 저들이 사가지고 가서 자주 실험해보면 아마도 분명히 마음이 달라질 것입니다."

"저… 그런데 박사님. 레이저포는 잘 고장이 안 나겠지요?"

형진이 망설이듯 물어오자 권 박사는 한차례 너털웃음을

터트렸다.

"하하, 안심하십시오. 그거 만들기가 어려워서 그렇지 고장은 잘 안 납니다."

"이거 노파심입니다만 극적일 때 그게 고장이 나면 참으로 큰일 아닙니까?"

형진은 전투에 준하는 상황이 벌어졌을 경우, 만약 레이저포가 이상을 일으킨다면 그것만 믿고 있던 우리 군이 큰 피해를 입을 수도 있는 것을 염려하는 것이었다.

뿐만 아니라 만약 그런 일이 벌어진다면 앞으로 레이저포의 판매는 물 건너가는 것이나 마찬가지였다.

이제까지 막대한 연구비를 투자하여 개발해낸 무기가 그런 식으로 사장되는 것을 형진은 결코 바라지 않고 있었다.

그런 형진의 염려를 알고 있는 권 박사가 푸근한 미소와 함께 대답을 했다.

"레이저포는 소총보다 고장이 잘 안 납니다. 그러니 그 부분은 아무 걱정하지 마십시오."

"그런데 그것을 가지면 우리 군의 전력이 확실하게 증강되기는 합니까?"

이 말을 들은 권 박사가 빙긋이 웃었다.

그리고 대답을 하는 권 박사의 얼굴에는 자부심이 가득 묻어나왔다.

"회장님. 그 무기를 제가 만들었다고 자화자찬하는 것은 아닙니다만, 지금 미국에서는 대륙 간 탄도탄을 막으려고 무던히 애를 쓰고 있습니다. 미국에서는 대륙 간 탄도미사일을 방어하려고 여러 가지 미사일을 개발했지만 실제로 이 탄도미사일을 방어하기란 실로 어려운 일입니다."

일반인들의 생각에는 날아오는 미사일을 요격한다는 자체만으로도 대단함이 분명했다.

"그러나 우리의 이 레이저포만 가지고 있으면 아주 간단히 막아낼 수 있습니다. 우리 레이저포는 우리를 공격하는 모든 미사일을 요격할 수 있습니다."

권 박사의 설명에는 자부심과 더불어 자신감이 진하게 묻어나왔다.

"어디 그뿐입니까? 적이 쏘아대는 대포알까지도 요격하여 막아낼 수가 있습니다. 한국군에서 처음 이것을 40대만 주문해가지만, 시간이 지나 레이저포의 위력을 확실하게 알게 되면 결국은 더 많이 사갈 수밖에 없습니다."

그건 형진도 내심 바라고 있는 일이었다.

"그리고 지금은 이 무기를 극비에 붙이지만, 시간이 지나면 반드시 미국이 알게 될 것입니다. 그러면 우리 한국은 이 레이저포를 미국에 팔 수밖에 없을 것입니다. 그때

가서는 이 레이저포를 많이 생산하게 될 것입니다."

형진으로서는 구미가 당기는 일이었지만, 두 얼굴을 하고 있는 미국에게 이런 신무기를 넘겨주는 것만큼은 사양하고 싶은 심정이었다.

그러나 어쩌나?

아직 자신에게는 그럴 권리도, 힘도… 아무것도 없었다.

아직은 시키는 대로 할 수밖에 없는 입장인 것이다.

"아니! 우리 신무기를 왜 미국에게 팝니까? 그냥 우리만 가지고 있지."

"하하, 미국과 우리가 동맹관계인데 상대가 알고 달라는데 의리상 거절만 할 수는 없지요. 그 대신 우리도 그에 못지않은 반대급 부를 요구하면 되는 것이지요."

형진은 다른 이유 때문에라도 레이저포가 타국으로 수출되는 것을 염려하고 있었다.

"그렇다면 만약에 말입니다. 그거 몇 개만 사가서 뜯어보고 똑같이 만들면 되는 게 아닙니까?"

그리되면 오히려 미국이 그 무기를 세계 각국에 수출할 수도 있는 상황이 되는 것이다. 재주는 누가 넘고 돈은 누가 챙기듯, 그런 상황은 혈기왕성한 형진으로서는 절대 사양하고 싶었던 것이다.

권 박사는 형진의 우려에 한차례 웃음을 터트리고 말했다.

"하하, 그런 걱정은 하지 않으셔도 됩니다. 레이저포를 뜯어봤다고 금방 만들 수 있는 무기가 아닙니다."

권 박사 연구팀은 그와 같은 사태를 방지하기 위해 중요 기술이 녹아 있는 부분은 역설계가 불가능하도록 이미 모종의 조치를 취해 놓은 상태였다.

권 박사로부터 설명을 들은 형진은 그제야 안심하는 듯했다. 그러나 못내 내켜하지 않았지만 아직은 당장 자신이 어쩔 수 없는 부분이었기에 자조적인 말을 흘렸다.

"하기야, 나는 장사꾼인데 많이만 팔면 되는 것이지요. 그 대신 이 무기를 많이 팔면 박사님께도 보너스를 두둑하게 드리겠습니다."

"하하, 그럼 기대해 보겠습니다."

형진은 권 박사가 다녀간 후 기분이 많이 좋아졌다.

그가 다시 결재 서류들을 훑어보고 있는데 민 사장이 들어왔다. 형진은 민 사장에게 자리를 권하고 마주앉았다. 그러자 민 사장이 먼저 입을 열었다.

"요즘은 주문이 너무 밀려서 대책이 없습니다."

"아니! 연말에 주문이 좀 밀리긴 하지만 무슨 주문이 그렇게 많습니까?"

"선진국들에서 갑자기 대형전지를 대거 주문하기 시작했습니다. 미국에서 15억 달러의 대형전지를 주문했는가

하면, 브라질, 멕시코, 영국, 프랑스, 독일, 이탈리아 등에서 무려 60억 달러의 주문이 한꺼번에 밀려 들어왔습니다.”

　형진으로서는 무척 반가운 일이었지만, 그들이 동시다발적으로 주문한 것에 대한 이유가 궁금했다.

　“아니, 그들이 왜 갑자기 많은 양의 대형전지를 한꺼번에 주문합니까?”

　민 사장이 천천히 형진의 궁금증을 풀어주기 시작했다.

　“얼마 전 미국 시카고에서 여섯 시간이나 지속된 정전 사고가 있었습니다. 이 일로 시카고 시민은 막대한 정신적, 경제적인 손해를 보았습니다. 그런데 이런 뜻밖에 사고에 대처하려면 우리 전지가 꼭 필요합니다.”

　형진은 이어지는 민 사장의 설명에 귀를 기울였다.

　“이 전지만 구비해두면 보통 때는 남는 전력을 비축해둘 수 있고, 전기 소모가 많을 때는 그것을 뽑아 쓸 수가 있습니다. 보통 대부분의 전력 회사는 그때그때 필요한 전력 수효를 계산하여 여분의 발전기를 돌려 전력 수효를 충당하고 있습니다.”

　그것은 대한민국 또한 마찬가지였다.

　“그렇게 하기 위하여서는 항상 일정량의 전력을 더 확보해 두어야 합니다. 그러나 우리 전지가 있으면 그런 수고를 하지 않아도 됩니다. 그뿐만 아니라 연료 값이 올라감에 따라 여분의 전력을 남겨둔다는 것이 여간 부담이 되는 것이 아닙니다."

여분의 전력을 보존하는 비용이 만만치 않았기 때문이다.

"그러나 우리 대형전지를 확보해두면 남는 전력도 비축해둘 수 있을 뿐 아니라, 갑자기 전력수효가 늘어나도 대처하기가 아주 쉽습니다. 우리 전지 값이 좀 비싸기는 해도 이것을 준비해두면 몇 년 안에 전지 값을 뽑을 수가 있습니다. 이런 이유로 인해 세계 각국에서 우리 전지를 급히 구하려 하고 있습니다."

참으로 다행스러운 일에 형진의 얼굴에 절로 미소가 지어졌다.

"하하, 그럼 한동안 우리 대형전지가 많이 나가겠습니다."

"예. 벌써 그런 징조를 보이고 있습니다."

그렇지만 민 사장의 표정은 전혀 밝지 않았다.

"그럼 잘된 일인데, 무엇을 그렇게 걱정을 하십니까?"

"그렇긴 합니다만 지금의 공장 규모로써는 주문 들어온 것도 감당하기 어렵습니다."

"그럼 지난날처럼 공장을 이부제로 돌리면 되지 않습니까?"

"그러잖아도 이미 그렇게 하고 있습니다. 그러나 그것은

임시방편에 불과할 뿐이고 아무래도 공장을 더 지어야 할 것 같습니다."

형진이 이마에 주름을 만들면서 공장의 규모에 대해 되짚어 본 다음 입을 열었다.

"그것이 무슨 문제입니까? 지금 제6아파트형 공장엔 빈 공장이 4개나 있지 않습니까? 그곳에다가 시설을 더 만들면 되지 않겠습니까?"

"예. 저도 그렇게 생각하고 있습니다. 그래서 회장님을 뵙고 의논하러 온 것입니다."

"그럼 공장을 몇 개나 더 시설을 해야 합니까?"

"아무래도 3개는 더 시설해야 하겠습니다."

2개 정도면 되지 않을까 생각했던 형진은 자신의 예상과 다르자 순간 갈등을 했으나 민 사장의 뜻에 따르기로 했다.

"3개까지나요? 뭐, 그럼 그렇게 합시다."

그럼에도 민 사장의 얼굴은 펴지지 않았다.

"주문이 이처럼 폭주하면 그 3개 공장을 더 가져도 감당하기 어려울 것입니다."

"지금 주문형 공장이 5개나 있지 않습니까? 그런데다가 공장을 3개 더 지어도 모자란단 말입니까?"

"이미 들어온 주문만 해도 감당하기 어려울 정도입니다. 여기에다 앞으로 주문이 더 들어오면 계속 이부제로 운영해야 합니다.”

물론 그렇게 되면 자신과 미리내 임직원 모두에게 골고루 많은 혜택이 돌아갈 것이다.

그렇지만 형진은 고개를 갸웃거렸다.

“이거, 혹시 일시적인 것 아닙니까?”

만약 미국의 시카고에서 일어났던 정전사태 때문으로 인한 일시적인 주문의 폭주라면, 아마 얼마 후면 예전과 같은 수준의 주문만 들어오게 될 것이다.

그렇게 되면 지금 증축해 놓은 공장들은 당분간은 쓸모가 없게 되는 것이다. 그러나 그보다 더 큰 문제는 공장을 증설하면서 자동적으로 인력 충원 또한 이루어져야 한다.

그런데 폭주하던 주문양이 급격히 줄어들면 그 많은 인력들은 또 어떻게 한단 말인가.

민 사장은 형진의 고심을 잘 알고 있다는 듯 차분한 표정으로 답변을 시작했다.

“영업부에서 철저하게 시장을 조사한 것으로는 일시적인 것이 아니라 합니다. 어쩌면 갈수록 주문이 더 늘어날 것이라고 합니다.”

“하하, 그렇다면 얼마나 좋습니까? 나는 우리 전지가 한계에 도달한 줄 알았는데 그게 아니었군요.”

영업부에서 그렇다면 그런 것이리라.

모든 임직원들이 어떤 태도로 근무하고 있는지 잘 알고 있는 형진이었다. 자신으로부터 신뢰를 받고 있는 직원들이 대충 조사를 했다는 것은 아예 생각하지 않는 형진이었다.

"그럼 그렇게 알고 공장 셋을 더 신설하겠습니다."

"그럼 그렇게 하십시오."

민 사장이 나가자 형진은 기분이 매우 좋아졌다.

그것은 전지 회사가 한계에 다다라 더 이상 매출이 늘어나지 않을 것이라 생각했는데 앞으로 매출이 크게 늘어날 수 있었기 때문이다.

그의 욕심으로는 하루 속히 한국에서 제일 큰 기업이 되어 국민 생활에 크게 이바지하고 싶었는데, 그것은 마음뿐이지 쉽게 이루어질 수 없는 일이었다.

그래서 형진은 항상 마음이 초조하고 불안하였다.

그러나 이제 전지 산업도 크게 발전할 수 있게 되었고, 더불어 며칠이 지나 새해가 되면 투명금속이 생산되게 될 것이다.

그리되면 미리내는 또 한 번의 도약을 할 수 있게 된다. 그래서 그의 마음은 희망에 가득했다.

형진이가 오랜만에 일찍 집으로 들어갔다.

집에 들어서니 아버지도 들어와 계셨다. 형진은 아버지

를 보자 말했다.

"아버지, 이제 가게를 정리하고 쉬세요. 아버지 연세도 있으신데 너무 힘들잖아요?"

"글쎄다. 조금 힘에 부치긴 하나 사람이 어떻게 놀고먹니?"

아버지의 결심은 아직 변화가 없는 듯했다.

"아버지, 이제는 어머니와 여행이나 다니면서 여생을 즐기세요."

이 말을 들은 누나도 나서서 말렸다.

"아버지, 형진은 대기업 회장인데 아버지가 구멍가게나 하고 있으면 형진이 체면은 뭐가 되어요?

누나 말을 들은 형진이가 펄쩍 뛰었다.

"누나, 그런 거 아니야. 아버지가 구멍가게하신다고 내 체면이 구겨지는 것은 아니야. 다만 아버지가 편의점을 하시기엔 너무 벅차보여서 하는 말이야."

그러면서 다시 아버지를 바라봤다.

"아버지, 이제 그만 편의점을 닫고 집에서 편이 쉬세요. 집에 미숙이도 있고 명석이도 있으니 손자 녀석들 재롱이나 보시면서 편히 지내세요."

그러자 누나도 적극적으로 권했다.

"아버지, 엄마랑 중국 여행을 가세요. 그곳에 가서 만리 장성과 자금성을 보고 또 남쪽에 있는 동정호도 구경하시

고 맛있는 것도 드시구요."

"아버지, 그렇게 하세요. 제가 중국말 잘하는 통역관도
붙여 드릴게요."

자식 둘이 나서서 열심히 권하자 아버지는 마지못해서
대답했다.

"그래, 생각해 보마."

형진은 누나를 보며 물었다.

"누나, 회사는 다닐 만한 거야?"

"얘. 일찍도 물어본다. 내가 회사에 나간 지 몇 달이나 되
는데 이제 그것을 묻니?"

"누나, 미안해. 사실 내가 요즘은 마음에 여유가 없어.
이것저것 생각할 것이 무척 많거든."

"회사도 이제는 괘도에 올라섰겠다. 사업도 잘되겠다.
그런데 도대체 무슨 생각이 그렇게 많으니?"

"글세…, 암튼 내가 좀 그래. 조금 있으면 투명금속도 생
산해야 되고, 이것저것 생각이 많아."

"참! 사람들이 그 투명금속에 대하여 많이 이야기하더
라. 그것을 만들면 잘 팔릴 것 같은데……."

"하하, 누나 잘 팔려야지. 그래야 내가 한번 세계적인 기
업가가 되어보지."

"얘. 꼭 세계적인 기업가가 되어야만 하냐? 그리고 지금
우리 회사가 어때서. 이미 그 정도면 세계적인 기업이 된

것 아니냐?"

그러자 형진은 예의 자신만의 주관을 펼치기 시작했다.

"누나. 이제 매출이 30조밖에 안 되는데 무슨 세계적인 기업이야. 그래도 매출이 100조는 넘어야지."

누나는 만족을 모르는 동생을 향해 걱정이 섞인 말을 했다.

"와! 너 미쳤구나? 100조가 얼마나 큰돈인데 그것을 바라니?"

누나는 그냥 지금 정도에서 만족하고 이제까지처럼 열심히 사는 모습이 좋을 것만 같았다.

"하하, 그것은 몇 년 후에 두고 보자고. 그런데 누나 회사는 잘 돌아가고 있는 거야?"

"그래, 우리 제약회사는 순조롭게 아주 잘 굴러가고 있다."

"그런데 그 회사에 연구진이 백 명이 넘는데 어떻게 도무지 진전이 없어? 지금쯤이면 여러 가지 신약들이 쏟아져 나와야 하는 것 아냐?"

형진의 급한 성격에 누나가 잠시 미소를 베어 물었다. 그런 다음 형진 못지않게 뜨거운 눈빛으로 말을 이어나갔다.

"아니야. 내가 그 회사에 나간 후 쭉 살펴보았는데, 연구진들이 정말로 열심히 연구하고 있었어. 네가 그 회사

를 인수한 후 개발된 신약만도 지금까지 14종류나 된다. 회사를 인수한 지 사 년 만에 그 정도면 많이 발전한 것이다."

형진도 누나가 제약회사 일에 얼마나 많은 신경을 쓰고 있는지 잘 알고 있었다.

그러나 형진이 생각하기에 사람은 정체되어 있지 말아야 한다고 생각했다. 늘 꾸준히 앞으로 열심히 나아가는 삶을 살아야 한다는 생각이었다.

"그러나 매출은 사 년 동안 천억밖에 늘어나지 않았어. 나는 그 회사가 세계적인 제약회사가 되기를 바라는데 어찌된 게 영 진전이 없어. 그래가지고서야 언제 큰 제약회사가 되겠어?"

잠시 형진을 노려보던 누나가 입을 열었다.

"지금 각종 암을 치료하는 약들을 개발 중이니 좀 기다리면 성과가 나타날 것이다."

"그 회사에 유보율도 많고 하니 필요하다면 연구원을 더 늘려서라도 신약 개발에 힘쓰도록 해봐."

"얘. 그래도 우리 회사가 제약회사 중 가장 이익을 많이 내는 회사다. 그리고 우리 회사 연봉이 다른 회사보다 많아. 그래서 모두들 우리 회사에 서로 들어오려고 한단다."

그러나 형진의 못마땅하다는 듯한 표정은 쉽게 지워지지 않았다.

"누나. 아무래도 사장이 좀 무능한 것 아니야? 회사 유보율이 무려 사조나 되는데 그런 회사를 빨리 발전시킬 수 없다는 게 말이 돼? 진수는 그 회사에 간 지 일 년 만에 막대한 돈을 벌어 놓았는데."

계속되는 형진의 추궁에 누나의 목소리가 뾰족하게 올라갔다.

"그것은 그 당시 신종 천연두가 유행하여 백신을 엄청나게 팔았기 때문이지. 그러나 지금은 그런 극적인 일이 없잖아. 지금 사장도 나름대로 열심히 하고 있다고."

"누나가 그렇게 말하니 일단은 믿기로 하지. 그러나 한 삼 년 후엔 누나가 그 회사를 직접 맡아서 경영해야 해. 그리고 돈 아끼지 말고 신약 개발에 힘을 쓰라고 해."

이때 형진이의 아들인 명석이가 형진에게로 왔다. 명진이는 지금 다섯 살이다. 형진은 명진이를 안아주면서 누나에게 말했다.

"누나, 이 녀석이 벌써 다섯 살이니 내가 늙은것이 아니야?"

"애는, 네가 이제 서른세 살인데 늙기는 뭐가 늙어. 이제 한참 나이지."

"며칠만 지나면 나도 서른 네 살인데 언제 우리 회사를 세계적인 기업으로 키우나?"

"너무 서두르지 마. 세상사란 물 흐르듯 순리대로 해야

해. 열심히 노력하다보면 언젠가는 네 야망이 성취될 날도 있을 것이다."

"누나. 누나도 이제 한참 나인데 더 늦기 전에 재혼이나 하지 그래. 누구 마음에 드는 남자 없어?"

"얘는 무슨 사업 이야기하다가 엉뚱한 이야길하냐? 난 다시는 결혼 안 해. 혼자 사는 것이 이렇게 편한데, 왜 또 시집을 가서 머리를 썩여?"

형진이가 누나의 얼굴을 보니 정말 결혼할 생각이 전혀 없는 것 같았다. 그는 가만히 한숨을 쉰다.

이때 아내가 이층에서 둘째 아기를 안고 내려왔다. 이제 막 돌이 지난 딸아이다.

형진은 딸아이를 받아 안고 입을 맞춘다. 그러자 아내 수진이가 야단쳤다.

"집에 들어왔으면 먼저 씻고 옷부터 갈아입어야지. 씻지도 않고 아기를 안고 입을 맞추면 어떻게 해?"

그러자 형진은 아기를 내려놓고 이층으로 올라갔다.

2018년 새해가 지난 지 석 달이 지난 사월 중순.

형진이가 회장실에서 서류를 검토하고 있는데 진수가 들어왔다. 형진이가 보니 진수의 얼굴에는 피로의 기색이 역력하다.

형진은 일어나 소파 쪽으로 가며 말했다.

"무슨 일 있어? 매우 피로해 보인다."

진수는 소파에 몸을 던지며 말했다.

"사방에서 투명금속을 보내 달라는데 물건이 있어야 보내 주지?"

"그렇게 장사가 잘돼?"

대답을 하는 진수의 목소리는 힘이 하나도 없었다.

"회사에서 투명금속을 생산도 하기 전에 주문이 초과했어."

"아니! 이부제로 공장을 돌리는데도 그렇게 모자라단 말이야?"

진수가 한차례 형진을 노려본 다음 대답을 했다.

"그래 보았자 하루에 육천 톤밖에 더 생산하냐? 지금까지 주문 들어온 것이 하루에 이만 톤이 넘어. 나는 매일같이 주문에 시달리고 있어."

"아니, 그런 일은 아랫사람들에게 맡기면 되잖아?"

"그게 그렇게 안 돼. 상대편에서 꼭 나를 바꿔 달라는 거야. 그러니 내가 죽을 지경이라고. 그렇다고 해서 전화를 안 받을 수 없잖아. 지금은 잘나가지만 항상 그럴 순 없는 거잖아. 그리고 내년부터는 많이 생산되는데 거래처를 하나라도 더 많이 확보 해두어야지."

알아서 잘 하고 있는 진수를 보는 형진의 마음은 흐뭇했다. 그러면서도 한편으로 진수가 너무 고생을 많이 하는

것 같아 마음이 안쓰러웠다.

"그런데 아직 소문도 잘 안 났는데 누가 그렇게 많이 주문하는 거냐?"

"응. 우리나라의 P기업에서 주방기구를 만든 것이 세계적인 히트를 치지 않았어? 그래서 세계 각국의 주방기구를 만드는 회사에서 주문이 폭주하고 있어. 누가 그 투명금속이 주방도구에 적합한지 생각이나 했었냐?"

"하하. 그래서 그렇구나. 그런데 투명금속이 뭐가 좋아서 그 난리야?"

"투명금속으로 주방기구를 만들면 음식 찌꺼기가 달라붙지를 않는데. 내가 들으니 다이아몬드로 코팅한 것보다 훨씬 더 좋데. 거기에다 강도가 높아 흠집도 나지 않고. 그런데 투명금속이 그릇이나 각종 컵, 쟁반 등에 아주 적합하고 화려한 문양을 넣을 수 있어서 사방에서 주문이 폭주하고 아주 난리야."

형진은 기분이 좋아서 절로 웃음이 나왔다. 그렇지만 진수의 표정을 보니 대놓고 웃었다가는 한소리 들을 게 분명하여 꾹 눌러 참으며 물었다.

"아무리 그래도 그런 것에 투명금속이 얼마나 소모되겠어?"

네 속마음을 다 안다는 눈빛으로 형진을 노려본 진수는 피곤에 지친 표정으로 입을 열었다.

"하여간 우리가 생산하는 것을 몽땅 다 주어도 모자랄 판이다. 거기에다 항공사, 자동차, 건설회사까지 아주 난리야. 그런데 주문은 폭주하는데 팔 물건이 없으니 이거 난리가 아니냐?"

"이 사람아. 그 공장 세 개 세운 것도 내가 우겨서 그런 거 아니야? 너는 그때 공장을 하나만 세우자고 박박 우기지 않았어?"

진수가 눈을 흘기며 큰소리쳤다.

"뭐야. 지금 자화자찬하는 거냐? 나는 힘들어 죽겠다는데 뭐 하는 짓이냐?"

"하하, 주문 많이 들어오면 좋지 뭘 그래. 그런데 건설회사에서는 왜 난리야?

"투명금속을 유리대용으로 쓰려고 그러지. 유리는 조그만 충격에도 깨지지만 투명금속은 깨지지도 않고, 경도도 높아 흠집도 잘 안 나거든. 그러니 오랫동안 투명도를 유지할 수 있으니 건설회사에서 구입을 하려고 아주 난리지."

형진은 잠시 생각하더니 말했다.

"그렇다면 내년에도 모자랄 가능성은 없냐?"

"공장 열 개가 다 완공되어도 하루에 만 삼천 톤밖에 더 생산하냐? 이부제로 공장을 가동해도 이만 육천 톤 정도만 생산할 수 있을 뿐이다."

"그럼 공장을 삼부제로 운영하면 안 되냐?"

진수가 단호하게 대답했다.

"안 돼."

"왜 안 되는 거냐?"

"블랙홀을 16시간 계속 가동하면 기계에 열이 많이 발생해서 안 된데. 그래서 무조건 8시간은 식혀주어야 한데."

"그런가… 그럼 공장을 더 짓는 것이 어떤가?"

"지금 짓고 있는 공장에 무려 16조나 되는 돈이 드는데, 무슨 돈이 있어서 공장을 더 짓냐?"

형진이 빙그레 미소를 지었다.

"아니, 꼭 우리 돈만으로 지어야 하는 것은 아니잖아?"

"그럼 은행에서 융자받아서 지으려고?"

"뭐, 꼭 필요하다면 그렇게도 할 수도 있지."

"융자를 안 받고도 방법이 있는 거냐?"

"글쎄. 좀 간당간당하기는 하지만 우리 돈으로도 지을 수 있을 것 같아."

"공장을 몇 개나 더 지으려고."

"이왕 짓는 것 열 개를 더 짓자."

진수가 놀란 듯 잠시 동안 입을 떡 벌리고 있었다.

"내가 알기로는 우리 회사에 여유 돈이 이조 정도밖에 안 되는 것으로 아는데……?"

"하하, 제약회사에도 사조가 있잖아. 그리고 전지 회사에서 올해 순익이 십조를 돌파할 것 같아. 그 돈을 다 공장을 짓는 것에 투입하면 공장 열 개를 더 지을 수 있어. 짓다가 돈이 모자라면 은행에서 좀 빌려 쓰면 될 것이고."

"와! 그러면 공장을 한꺼번에 이십 개나 지어?"

놀란 진수에 비해 형진은 그래도 부족하다는 듯한 표정으로 말했다.

"그래 보았자 정상 가동하면 이만 삼천 톤밖에 더 돼?"

"매일 이만 삼천 톤이면 일 년에 투명금속을 육백만 톤 생산하는 것이다."

"뭐 육백만 톤이 많은 것도 아니잖아. 문제는 그 물량을 모두 팔 수 있느냐는 것이지."

그렇지만 진수는 걱정 말라는 듯 입을 열었다.

"그 정도는 충분히 소화시킬 수 있을 것이다."

"그렇다면 무얼 망설여. 당장 오월부터 서둘러서 공장을 짓자고."

"그렇게 서둘 필요가 있나?"

형진이 진수보다 오히려 더 의아해했다.

"아니! 물량이 딸릴 것이라면서?"

"그야 그렇지만, 너무 성급한 것 아니야."

형진이 단호한 표정으로 고개를 저었다.

"아니야. 전지 공장처럼 꿈지럭거리다가 물량이 딸려 혼

나는 것보다는 일찍 서두르는 것이 낫잖아. 그러니 시간
끌지 말고 빨리 착수를 하라고."

연구원의 확충

　사업을 운영하게 되면 필연적으로 맞이하게 되는 선택의 시점이 있다.

　그럴 때 얼마나 정확하고 올바른 선택을 하느냐에 따라 사업이 힘들어지느냐, 아니면 탄탄대로에 접어드느냐가 결정되는 것이다.

　따라서 형진은 모든 상황을 분석해본 결과 빨리 서둘러서 공장을 짓는 것이 현명하다는 판단을 내린 것이다.

　"알았어."

　"그런데 투명금속 가공 공장도 지어야 하지 않냐?"

　"굳이 그럴 필요는 없어. 지금 들어온 주문에 절반 정

도는 가공하지 않은 투명금속을 보내 달라는 것이니
까.”

“가공하지 않은 투명금속은 얼마나 받냐?”

“톤당 구백오십만 원을 받고 있다.”

잠시 계산을 해보던 형진이 입을 열었다.

“그렇다면 가공하지 않고 파는 것이 우리에게는 더 낫겠
는데.”

“그렇기는 한데. 가공을 하지 않고 투명금속만 팔면 일
자리를 많이 만들 수가 없어.”

“그렇군, 그럼 어떻게 해야 하나?”

“뭐, 할 수 없잖아. 아직은 상대가 원하는 대로 할 수밖
에.”

“그럼 앞으로도 가공하지 않은 투명금속을 많이 사갈 것
같으냐?”

“우리가 만든 투명금속의 70% 이상이 가공하지 않은 투
명금속으로 팔려 나갈 것 같아.”

“우리 입장에서는 그것이 나쁜 것은 아니지 않은가?”

“가공공장을 만들면 일자리를 많이 만들 수 있지만, 회
사에 큰 이익이 되지는 않아.”

“지금 가공공장에서는 하루에 투명금속을 얼마나 처리
할 수 있는데?”

“우리가 시설한 가공공장은 하루에 오천 톤 가량을 처리

할 수가 있어."

형진은 만족한 듯 머리를 끄덕였다. 그러다가 다시 입을
열었다.

"우리공장 부지가 총 42만 평이지?"

"맞아. 42만 평이다."

"땅을 더 사들이라고 했는데 그것은 어떻게 되었냐?"

진수가 골치 아픈 표정을 지었다.

"그동안 주변 땅 주인을 찾아가 꾸준히 설들을 해서 16
만 평을 더 사들였어. 그래도 땅이 더 필요한데 땅 주인들
이 땅값을 너무 올려 달라고 해서 협상 중이다."

"기획실에서는 땅 70만 평을 확보해야 한다는데, 그게
그렇게 쉽지가 않구먼."

"너무 서두를 것은 없지. 이제 12만 평만 더 사들이면 되
니까. 지금 몇 군데와 계속해서 협상 중이니까 곧 좋은 결
과가 나올 것이다."

"그럼 나는 너만 믿기로 하지. 가능한 땅은 빨리 확보하
는 것이 좋아."

진수도 이제는 할 말을 다 했다는 듯 차디찬 차를 마신
다. 그러더니 인터폰을 누르고 말했다.

"여기 차 좀 더 가져와."

그는 비서에게 차를 시킨 후 말했다.

"내가 들으니 레이저포를 생산하고 있다면서?"

"어. 그래. 군부에서 주문해서 생산을 시작했어."

"군부에서 얼마나 주문한 것이냐?"

형진이 짓궂은 미소를 지었다.

"어! 그것은 비밀인데."

"뭐라고? 우리 회사에서 생산하면서 감히 나한테 비밀이라고."

"그렇긴 한데. 사실은 군부에서 그 숫자를 극비에 붙여 달라고 했어."

그러나 진수는 쉽게 물러서지 않았다.

"그래서 나에게 못 가르쳐 주겠다는 거냐?"

"허! 이사람. 그렇다고 그렇게 성질을 내냐?"

"이봐, 임 회장. 내 회사에서 물건을 만들면서 나에게 비밀이라니 그게 말이나 돼?"

"허참. 이야기가 또 그렇게 되냐?"

"빨리 말해봐. 군에서 레이저포를 몇 대나 주문한 것이냐?"

형진은 텁텁한 입맛을 다시며 말했다.

"겨우 사십 대야. 그것도 내가 가격을 팍 깎아주어서."

"얼마나 깎아주었는데?"

"처음엔 한 대당 오백억을 달라고 했어. 그랬더니 아주 난감한 표정들을 하던데. 그래서 대당 삼백억으로 깎아주었어."

"아니! 가격을 그렇게 깎아주었는데 겨우 사십 대만 주문한 거냐? 겨우 그걸 가져다 무엇에다 쓰지?"

형진이 이마에 깊은 주름을 만들면서 한탄처럼 말을 쏟아냈다.

"그것도 국회에다 추경예산을 요구해서 겨우 얻어 낸 것이란다."

진수도 절로 인상을 팍 찌푸렸다.

이럴 때 보면 국회는 국민들과 국가를 방해하기 위해서 존재하는 그런 집단들 같았다.

"야! 대한민국이 그렇게 가난한가? 그런 신무기를 겨우 사십 대만 주문하다니……."

형진 또한 특정집단에 대한 불만으로 심사가 편치 못했다.

"그게 군인들 잘못은 아니잖아. 정치인들이 돈을 안 주니 할 수 없는 일이지."

"우리나라는 군사비가 너무 적잖아?"

"올해 우리나라 국가예산이 420조인데, 국방비는 35조라 하더군. 그러니 우리 국방예산은 일본과 중국에 비하여 절반 정도밖에 안 되니 결코 넉넉한 편은 아니지."

"우리나라는 사방이 강대국으로 싸여 있는데 정치인들이 국방비를 너무 아끼는 것 아니야? 그러니 매일같이 이웃나라한테 얻어터지는 거 아니야. 해방된 지 70년이 넘었는데 아직까지 우리 전투기 하나 못 만드니. 이거 이래서 되겠어."

이 말을 들은 형진이가 한차례 심호흡을 한 다음 변명을 했다.

그렇지 않고서는 소위 대한민국을 좌지우지하는 사람들에 대한 답답함으로 가슴이 터져버릴 것만 같았기 때문이다.

그래서 일단은 때가 되기까지는 분하고 억울하고 답답한 감정을 접어 두려는 것이었다.

"우리나라도 T-50 고등 훈련기가 있잖아."

"이봐. 그것이 훈련기지, 전투기야? 그래도 선진국이라면 국산 전투기쯤은 만들어 내야 하는 거 아니야. 사실 우리가 하려고만 하면 못할 것도 없잖아."

"왜 그렇게 화를 내. 앞으로 차차 만들어 내겠지."

'반드시 만들어 내게 될 거야. 그렇지 않으면 나라도 만들어 낼 테니까.'

"그 레이저포도 그래. 그 정도의 무기라면 한 이삼백 대는 구입해야 하는 거 아니야? 겨우 사십 대 갖다가 무엇에 써?"

"이 사람아, 이삼백 대라면 돈이 얼마나 되는데 한꺼번에 그렇게 많이 구입을 해?"

"그래야 우리도 레이저포를 개발한 값을 뽑아낼 것이 아

니야."

"뭐야. 결국은 우리 회사 돈 안 벌어준다고 투정하는 거냐?"

형진이 말을 들은 진수가 씩 웃었다.

2018년 9월 형진은 매일 기분이 좋았다.

전지 회사도 아주 잘 돌아가 물건이 없어서 못 팔 정도였다. 거기에다 투명금속은 주문을 감당하지 못하고 있었다.

또 지금 짓고 있는 본사 사옥도 순조롭게 진행되고 투명금속 공장 이십 개도 아무 문제없이 잘 진행되고 있었다.

또 공장부지 12만 평도 좀 비싸긴 했지만 사들이는 데 성공하여 공장 부지 70만 평을 확보했다.

2000년부터 불어 닥친 불경기는 좀처럼 회복되지 않고 있었다.

그러나 미리내는 이런 불경기를 뚫고 세계적인 기업으로 성장하고 있었다. 거기에다 지금 짓고 있는 투명금속 공장이 완공되면, 한국은 물론 세계의 재계판도가 바뀔 판이었다.

형진은 매일 매일 희망에 들떠 야심을 한껏 키우고 있었다.

그가 한참 서류를 훑어보고 있는데 진수와 민 사장이 들어왔다.

　민 사장은 전지 회사 사장이고 진수는 투명금속 회사 사장이다. 두 사람이 들어오자 형진은 자리에서 일어나 소파에 가서 앉았다.

　형진은 진수의 표정을 살피며 말했다.

　"요즘은 좀 형편이 좋아졌나? 얼굴색이 많이 좋아졌다."

　"뭘, 주문에 시달리는 것은 여전한데. 이제 하도 시달려서 만성이 돼서 버틸 만해."

　"내년에 투명금속이 대량 생산되면 그것을 다 소화시킬 수 있겠어?"

　"하하, 걱정 마라. 벌써 계약이 끝난 것만 일일 이만 톤이 넘어. 이것은 내 예측이지만 내년에도 물량을 감당할 수 없게 될 수도 있어."

　"설마… 내년에도 이부제로 경영하면 투명금속을 하루에 사만 육천 톤이나 생산할 수 있는데 그것이 다 나갈 리가 있겠냐?"

　"어어! 그렇지 않아. 지금 계약한 것만 이만 톤이지, 사방에서 문의가 쇄도하고 있거든. 그리고 멋모르고 투명금속을 주문하는 회사도 많아. 이런 것들을 종합해보면 내년에도 틀림없이 물량이 딸린다고 보아야 해."

형진은 기쁨을 감추지 않고 환하게 웃었다.

"정말 그래 주었으면 얼마나 좋겠는가? 만약 그렇게만 된다면 매출 백조를 달성할 수도 있을 터인데."

"하하, 임 회장은 호승심이 너무 강해. 아직도 S전자의 매출을 따라 넘고 싶은 거냐?"

"당연하지. S전자를 넘어서야 비로써 세계적인 기업이 되지. 나는 반드시 우리 회사를 세계에서 매출 일 위의 기업을 만들 거다. 그래야 우리나라가 국제 사회에서 큰소리 치고 살 것이 아닌가?"

진수가 고개를 절레절레 저었다.

"기업을 운영하는 사람이라면 누구나 그런 꿈은 한 번씩 가져 보지만, 대부분 자기 주제를 파악하고 그런 생각을 접는데, 자네는 어째 그리 한결 같은가? 도대체 세계 제일 기업을 꼭 고집하는 이유가 뭐야?"

이 말을 들은 형진은 무슨 말이냐는 듯 진수를 바라봤다.

"아니! 그것을 몰라서 묻는 거냐? 거기가 정상이니 올라가려는 것이지. 우리 회사가 세계 제일의 기업이 되어 봐라. 그럼 우리 회사가 엄청난 일자리도 제공하고 고임금을 지불하고, 그들이 그 돈을 세상에 풀면 세상이 얼마나 살기 좋아지겠니. 그리고 우리는 막대한 이익을 가지고 세상을 위하여 좋은 일들을 정말 많이 할 수가 있잖아?"

진수는 그 부분에 있어서 만큼은 형진과 생각이 다른 듯 했다.

"그런 이유로 세계 제일 기업이 되겠다는 거냐. 그런 일이라면 지금이라도 할 수 있잖아?"

물론 지금이라도 베푸는 일을 할 수 있다.

그리고 그렇게 하고 있다. 그렇지만 형진은 만족스럽지 않았다.

더 많은 돈을 벌어들여서 많은 사람들을 위해, 국가를 위해, 민족을 위해 더 큰 일을 하고 싶은 것이다.

"아니야. 정상이 있다면 반드시 올라가야 해. 지금같이 작은 기업으로는 큰일을 할 수 없어. 나는 반드시 세계에서 제일가는 부자가 될 거다."

형진이 말을 들은 진수가 피씩 웃었다.

"이봐. 임 회장 말을 듣고 있으려니까 꼭 초등학교 6학년 아이 말을 듣고 있는 기분이다. 그런 생각은 어린아이나 하는 생각이다. 자네 같은 대기업주가 할 생각이 아니야."

"그래, 그럼 대기업주는 과연 무슨 생각을 해야 하는데?"

진수가 당연하다는 듯 설명을 시작했다.

"기업주란 어떻게 하면 매출을 많이 올려 이익을 극대화할까, 또 어떻게 해야 사원들의 앞날을 책임지고 이 어려

운 경쟁에서 살아남나 이런 생각을 하는 것이지, 자네처럼
뜬구름 잡는 것이 아니야."

"뭐야. 내가 철부지 아이란 것이냐?"

"이제 알았으면 되었어."

두 사람이 장난삼아 쓸데없는 논쟁을 벌이려 하자, 이때
민 사장이 입을 열었다.

"회장님. 대형 전지 주문이 폭주해서 공장을 세 개나
늘렸는데도 도저히 감당할 수가 없습니다. 지금 남아
있는 공장 하나도 주문형 공장으로 사용해야 하겠습니
다."

"지금 주문형 공장이 모두 아홉 개가 아닙니까? 그런데
도 주문을 감당할 수 없습니까?"

민 사장이 이마를 찡그리고 대답에 나섰다.

"지금까지 대형전지는 선진국에서만 주문했었습니다.
그런데 지금은 중진국에서 후진국까지 모두 발전소에 사
용할 대형전지를 앞 다퉈 주문하고 있습니다. 그래서 도무
지 주문을 감당할 수 없습니다."

"주문형 전지공장을 이부제로 운영하는데도 그렇습니
까?"

"예. 그렇습니다. 그래서 지금 삼부제 운영을 진지하게
검토 중에 있습니다."

잠시 고민에 잠겼던 형진이 이윽고 민 사장에게 지시를

내렸다.

"그렇다면 남아 있는 공장도 주문형 공장으로 전환하여 설비하도록 합시다."

"예. 그럼 즉시 착수하겠습니다."

형진은 끌탕을 하며 말했다.

"참! 더 이상 공장을 지을 땅이 없으니 그것이 문제입니다. 이럴 줄 알았으면 땅을 더 확보해두는 것인데……."

"땅을 구하려면 아마도 시간이 걸릴 것입니다. 그러니 우선 급한 대로 공장 하나를 더 만들고 그래도 부족하면 삼부제로 운영해 보도록 하겠습니다."

"그럼 지금 공장의 근처로 서둘러서 땅을 더 구입하세요."

"예. 그렇게 하겠습니다."

형진은 두 사람을 보고 다시 물었다.

"며칠 있으면 추석인데 떡값을 결정해 주어야 하지 않습니까?"

민 사장이 형진이를 보며 대답했다.

"그거야 회장님이 결정해 주셔야지요?"

형진은 진수를 보고 말했다.

"네 생각은 어때?"

"뭐, 장사도 잘 되고 했으니 작년처럼 하면 되지 않을

까……?"

형진은 머리를 끄덕였다.

"그럼 월급에 300%를 지급하도록 합시다."

민 사장이 만족한 표정으로 대답했다.

"요즘 같은 불경기에 보너스를 300%나 받으면 우리 사원들이 매우 기뻐할 것입니다. 내가 듣기로는 사원들이 이번엔 떡값이 작년처럼 많지 않을 것이라고 하던데."

환한 표정의 민 사장은 현장 직원들의 분위기를 형진에게 전했다.

"사실 이런 불경기에 우리 회사처럼 보너스를 많이 주는 회사가 없지요. 이번 휴가에도 휴가비로 월급에 100%나 지급해 주어 사원들이 아주 기뻐했는데, 떡값 300%를 준다면 매우 기뻐할 것입니다."

이 말을 들은 진수가 나섰다.

"그러고 보니 우리 회사가 일 년에 보너스를 700%나 주고 있구만. 사실 이 정도를 받아야 일할 기분이 나지 않겠어? 그래야 애사심도 생기고."

형진이가 진수의 얼굴을 빤히 보며 말했다.

"웬일이냐? 넌 보너스와 월급만 많이 준다면 펄펄 뛰고 난리를 치더니?"

진수가 멋쩍은 웃음과 함께 민 사장을 바라보면서 대답

을 했다.

"그거냐 그 당시는 회사 앞날이 좀 불안했고, 지금은 이제 확실하게 자리가 잡혔으니 그때와 지금은 다르잖아."

진수 말에 형진은 머리를 끄덕이며 말했다.

"그래, 이제는 우리 회사가 안정이 되었지. 벌써 우리가 사업에 뛰어든 지 팔 년이나 되었다. 역시 기업이란 한 십년이 지나야 자리가 잡히는 모양이다. 그동안 우리 중에 네가 가장 고생을 많이 했지."

"하하, 네가 제대로 알기는 아는 구나?"

형진이도 따라 웃었다.

"인마, 그럴 땐 내가 하긴 무얼했니? 사실은 너희들이 더 고생했지. 그러는 거다."

"하하, 그런 거냐."

형진은 민 사장을 보면서 말했다.

"L석유회사에서 올해부터는 석유를 대량 생산한다고 하던데, 올해는 L석유회사가 매출이 크게 늘어나겠지요?"

화기애애하던 분위기를 전환하는 형진의 말에 민 사장이 긴장을 하고 대답을 했다.

"지금 원유 국제가격이 160불을 돌파하고 있습니다. 그런데 L석유회사에서는 매일 원유 백이십만 배럴씩을 뽑아

올리고 있으니 그 돈이 얼마입니까?"

형진과 진수가 계산을 하고 있는 사이 민 사장의 말이 이어졌다.

"그 원유 값만 해도 칠십삼조에 이릅니다. 거기에다 정유회사의 매출까지 합하면 구십조가 훨씬 넘습니다. 아마 올해 매출액으로 보아 S전자 다음으로 매출이 많을 것입니다."

형진의 표정에 진한 아쉬움이 흘렀다.

"거기에 비하여 우리 회사는 올해 매출이 오십조 정도가 될 것입니다. 그 정도만 되어도 우리 회사가 매출로는 국내 랭킹 3~4위는 될 것입니다."

형진은 표정을 고쳐 만족한 미소를 지으며 말했다.

"올해 투명금속 공장이 다 완공되면 내년에는 S전자와 키 재기를 한번 해 볼만 하겠습니다."

옆에서 듣고 있던 진수가 나섰다.

"이봐, 회장. 내년에는 이변이 없는 한 우리 회사가 매출 랭킹 1위가 될 것이다. 땅에서 석유를 펑펑 퍼 올려도 우리를 따라올 수가 없지. 이제 회장이 바라던 고지가 바로 눈앞에 있다고. 이제 시간이 모든 것을 다 해결해 줄 것이다."

"하하. 그렇다면 얼마나 좋을까? 뭐 투명금속만 잘 나간다면 우리가 매출이 랭킹 1위가 될 수도 있지."

이때 민 사장이 나섰다.

"내년부터는 S전자, L석유회사, 우리 미리내. 이 세 회사에서 벌어들이는 돈만해도 엄청난데 우리 정부는 참 좋겠습니다. 아마 우리 국민에게도 큰 도움이 될 것입니다."

"국민에게는 다소 도움이 되겠지만 큰 도움이 되지는 않을 것입니다. 그래도 큰 도움이 되려면 세 회사의 매출이 최소한 오백조는 넘어야 할 것입니다."

이때 진수가 다시 말했다.

"아무래도 내년에 투명금속의 공급이 딸릴 것이다. 그 투명금속이 우리 생각과는 달리 용도가 아주 다양해서 사용되는 곳이 대단히 많기 때문에 자동적으로 수효가 엄청 늘어날 것 같아. 벌써부터 이곳저곳에서 그런 징조가 보여."

"하하, 그렇다면 매우 좋은 일이 아닌가?"

진수는 골치 아프다는 듯 머리를 흔들더니 다시 말했다.

"내 이야기는 그런 것이 아니야. 우리가 잘못하면 물량 부족으로 곤욕을 당할 수도 있다는 이야기야."

"네 이야기는 내후년에 물량 부족으로 우리가 어려움에 처한다는 것인가?"

형진의 이마가 절로 찌푸려졌다.

"바로 그 이야기야."

"그럼 어떻게 해야 하나?"

"지금 당장은 방법이라고 해야 공장을 많이 짓는 수밖에 더 있냐?"

잠시 생각해보던 형진이 진수에게 다시 물었다.

"그렇다면 내년 초에 공장을 더 짓기 시작해야 한다는 것인가?"

"바로 그런 이야기야. 내년 초에 다시 공장 열 개를 더 짓자고."

형진은 보유한 자금 내역에 대해 잠시 계산해본 뒤 석연치 않은 표정으로 입을 열었다.

"그래? 그러려면 할 수 없이 은행에서 융자를 받아야 하는데……."

"은행에서 융자 좀 받고 우리 회사에서 나오는 이익금으로 지어도 될 것이다."

진수의 말이 맞았다.

물 들어왔을 때 노를 저으라는 속설도 있지 않은가.

"아무튼 공장이 더 필요하다면 당연히 지어야지. 그럼 내년 초에 공장 열 개를 더 짓도록 하지."

그럼에도 진수는 못내 찜찜한 표정이었다.

"짓기는 짓는데 공장 열 개를 지어서 주문 들어오는 수효를 충당할 수 있으려나 모르겠는데……."

"그럼 지금 짓고 있는 공장이 완공되고, 수효가 얼마나 늘어나는가를 보고 다시 공장 열 개를 더 지으면 되잖아."

진수가 한차례 형진을 노려봤다.

형진이야 지시를 내리면 되지만, 자신은 한동안 눈코 뜰 새 없이 바쁘게 될 것이다.

무엇보다 당장 땅을 매입하는 일부터 쉽지 않을 것 같아 절로 걱정이 되었다.

잔뜩 찡그린 얼굴로 인상을 쓰던 형진이 무겁게 입을 열었다.

"글쎄. 아무래도 그렇게 해야 할 것 같아."

"와! 그렇게만 되면 우리 회사 매출은 금방 껑충 뛰어오를 것이다."

"만약 투명금속이 매일 이십만 톤만 나가면 네 소원이 이루어질 수도 있어."

"하하, 제발 그렇게 좀 되었으면 좋겠다. 만약 그렇게 된다면 우리 국민을 위하여 여러 가지 일을 할 수 있을 것이다."

형진은 자신의 꿈이 눈앞에 다가오는 듯하여 만족한 미소를 입가에 베어 물고 있었다.

이때 민 사장이 일어서면서 말했다.

"저는… 볼일이 있어서 이만 먼저 나가봐야 할 것 같습

니다."

"그럼 가서 일 보십시오."

민 사장이 나가자 진수가 정색을 하고 입을 열었다.

"레이저포가 납품이 끝나가는 것 같은데, 권 박사에게 좀 생각해 주어야 할 것 아니냐?"

"나도 그 문제를 생각해 보았는데 어떻게 해야 할지 잘 모르겠어."

금액도 중요하지만 시기도 중요하다고 생각했다.

적절한 금액을 적절한 시기에 주는 것으로 인해 사기를 진작시키고 애사심을 더욱 고취시킬 수 있기 때문이다.

그러나 반대로 시기와 금액이 적절치 않다면 오히려 역효과를 발생시킬 수도 잇는 것이다.

"권 박사에게 이십억을 지불했지만 그것만으로는 아무래도 부족한 것 같아. 김경호와 유 박사는 주식을 받은 것이 있지만, 권 박사에게는 주식을 안 주지 않았냐? 그러니 조금 더 생각해주는 것이 좋을 것 같아."

형진이가 탄식을 하며 말했다.

"나는 그분이 나라에 큰 공을 세워 나라에서 그만한 사례를 할 줄 알았는데 상장이나 몇 개 준 것이 고작이니 사실 엄청 실망했다."

형진의 생각은 당연했다.

주변 강대국들로부터 수시로 위협을 받는 상황에서 확실하게 국토를 방어할 수 있는 무기를 개발했음에도 불구하고 국가와 군에서는 겨우 종이로 된 상장 몇 개를 준 것이 전부였다.

이래서야 누가 국가를 위해 충성을 하겠는가.

오히려 외국에 그 기술을 전수해준다면 개인으로서는 상상할 수 없는 보상을 충분히 받을 수 있는 그런 개발품이었다.

그런데도 불구하고 국가에서 주어진 보상이란.

그러니 누가 이 땅에 남아 나라를 위해 진실된 땀을 흘리려 하겠는가?

그렇기 때문에 형진과 진수는 권 박사의 서운한 마음을 달래주기 위해 넉넉한 보상을 해주려 고민하고 있는 것이다.

결국 국가가 하지 못하는 일을 기업을 하고 있는 그들이 담당하려 하고 있는 것이다.

"그렇게 해서야 누가 나라를 위하여 일을 하겠는가? 만약 그분이 레이저포 기술을 미국에 팔았다면 아마도 상당한 돈을 받았을 것이다. 이런 점을 고려하여 우리가 다소 더 생각해드려야 할 것 같아."

"그래, 얼마나 더 생각해 드릴 것이냐?"

"이런! 네가 먼저 말을 꺼냈으니까~ 네가 먼저 말해

야지?!"

"글쎄. 한 오억 정도 더 생각해 드리면 어떨까? 그리고 연구진에겐 한 오천만 원씩 더 주는 게 어떤가?"

"흠! 너무 적은 거 아니야? 연구진이야 그 정도면 될지 몰라도, 권 박사는 너무 적은 것 같은데……."

"그런데 레이저포를 생산해서 얻은 이익금이 얼마 정도나 되냐?"

잠시 계산을 해보던 형진이 대답을 했다.

"글쎄. 한 팔천억 정도는 남지 않았을까?"

"그렇다면 좀 더 생각해 드려도 되겠는데……."

진수의 의견이 충분히 타당하다고 생각한 형진은 장고에 들어갔다. 그렇게 1~2분 정도가 흘렀을까, 형진이 감았던 눈을 떴다.

"이러면 어떨까? 권 박사에게는 이십억을 더 드리고, 연구진에겐 일억씩 더 주면 어떨까?"

그러자 진수가 선뜻 찬성했다.

"그렇다면 그렇게 해. 그래도 나라를 위하여 큰 공을 세웠으니 우리라도 생각해 드려야지."

"그럼 그렇게 결정하자."

진수가 나가자 형진은 자금부 부장을 불러 말했다.

"내년 초에 투명금속 공장을 열 개를 더 지어야 하는데 거기에 필요한 자금을 동원할 계획을 세우시오."

"예. 알겠습니다. 지금 이익이 남는 대로 모두 공장을 짓는데 투입하고 있습니다. 내년 삼월 말까지는 모든 자금을 지금 짓는 공장에 투입해야 하니 적어도 오조 정도는 은행권에서 빌려야 할 것 같습니다."

"뭐, 은행에서 빌려야 한다면 빌려야지요. 하여간 상세한 계획을 세우도록 하십시오."

"그럼 상세한 계획을 짜서 올리겠습니다."

자금부 부장이 나가자 형진은 씁쓸하게 웃었다.

그는 회사를 창업한 후 팔 년이 되었으나 그동안 무 차입 경영을 고수하였다. 그러나 내년에는 부득이 은행돈을 빌려야 할 것 같았다.

그로서는 가능하다면 무 차입 경영을 고수하고 싶었다. 그러나 사업을 하다 보니 부득이한 사정도 있었다.

형진이가 아침 일찍 출근하여 소파에 앉으니 여비서가 설록차와 신문을 가져다 놓았다.

그는 설록차를 한 모금 물고 신문 쪽으로 눈을 돌리니 1면에 독도근해에서 대규모 가스전 발견이라고 쓰여 있었다.

형진이 신문을 읽어 보니 L석유회사에서 2년 전에 시추를 해서 가스가 발견되었다는 것이다. 그리고 매장량 확인 시추를 해보니 한국이 십 년이나 쓸 수 있는 대규모 가스

가 매장되어 있다는 것이다.

L석유회사에서는 올해부터 가스전 개발에 착수하겠다고 발표했다.

형진은 이 기사를 보니 매우 기분이 좋았다.

그가 소파에서 일어나 왔다 갔다 하며 생각에 젖어 있는데 연구소장인 경호가 들어왔다. 형진은 아주 오랜만에 경호를 보자 반갑게 맞이했다.

"어이 어서와. 참 오래 간만이다."

형진은 경호와 악수를 하고 자리를 권했다. 그러자 곧 여비서가 차를 가지고 들어왔다. 형진은 경호를 보며 다시 입을 열었다.

"야. 무슨 일이 그렇게 바빴기에 그동안 꼼짝도 안 했어?"

"연구실이라는 게 원래 그래. 나중에 생각하면 별거 아니지만 항상 새로운 희망이 넘치는 곳이거든. 그래서 여간해서는 시간을 내기가 어려워."

"유 박사와 권 박사와도 잘 지내시고?"

"그럼 잘 지내지. 두 분 다 굉장히 열심이시다."

"지금 연구소의 연구원이 몇 명이나 되냐?"

"나까지 94명이다. 우리 핵 전지 연구원이 꼭 50명이고, 투명금속 연구원이 36명이고, 레이저 연구원이 8명이다."

경호의 설명을 들으면서 형진은 감회가 새로웠다.

처음 경호와 유 박사 및 그 일행들로 시작된 연구소가 아니었던가.

"야! 그동안 연구소의 규모가 굉장히 커졌구나?"

"그런 셈인데. 유 박사가 연구원 20명을 더 요구하고 있어."

"그래서 어떻게 했냐?"

질문을 하면서도 형진은 경호에게 편안한 표정을 지어보였다.

어차피 바쁜 와중에 시간을 내서 자신을 찾아왔다는 것은 그만한 이유가 있을 것이기 때문이다.

그래서 편안한 표정을 하여 경호로 하여금 허심탄회하고 편안하게 말을 하도록 유도를 하는 것이다.

"사실 이런 저런 일로 해서 여기에 온 것이다. 연구원을 한번에 20명이나 충원해야 한다는데, 그런 일을 나 혼자서 어떻게 결정할 수 있냐? 아무래도 회장인 자네가 직접 결정을 해야지."

"하하, 이 친구야. 그 정도야 자네가 알아서 해도 되잖아? 자네는 이 회사의 창립 멤버고 주주야."

"하하하, 그래도 이런 일은 회장인 자네가 알아야 한다구."

경호는 항상 이랬다.

자신이 알아서 처리할 부분은 형진에게 허락을 구하지 않고 처리했지만 그렇지 않다라고 판단되는 부분은 항상 형진에게 의견을 구했다.

"뭐. 유 박사가 연구원 20명이 필요하다면 그렇게 하도록 하지. 네 생각은 어때?"

형진은 필요하기 때문에 요청하였을 것이라고 여겼기 때문에 당연히 들어줘야 한다고 생각했다.

"당연히 들어 주어야지. 그런데 투명금속 쪽으로는 앞으로 연구원이 많이 필요할 것 같아. 내가 살펴보니 연구할 것이 이만저만 많은 게 아니더라고."

"우리 회사의 생명이 연구소에 있으니 연구원이 필요하다면 얼마든지 더 충원하라고."

경호는 머리를 끄덕이며 대답했다.

"그런데 투명금속을 살펴보니 그것이 화합물에 따라 성질이 다른 투명금속이 나오더라고. 예를 들어 바닷물과 민물이 각각 성질이 다른 투명금속이 되더군. 그러니 화합물 종류가 좀 많은가? 그렇기 때문에 앞으로 투명금속에 대한 연구가 거의 끝이 없는 것 같아. 유 박사가 그러더군. 앞으로 연구원이 수백 명이 넘게 될 것이라고."

형진은 기꺼이 허락해줄 생각이었다.

그들은 지금까지 자신들의 밥값 이상을 충분히 해오고

있었기 때문이다.

"그럼 연구소가 작아서 안 되잖아?"

그러자 경호가 조심스럽게 자신의 의견을 밝혔다.

"이것은 내 생각인데 지금 있는 연구소는 사실 너무 작아. 그러니 연구소 부지를 따로 마련하고 새로 지었으면 해."

형진은 머리를 끄덕였다.

"그래, 필요하다면 당연히 그렇게 해야지. 그럼 즉시 연구소 부지를 사들이라고 하지. 그런데 연구소 부지가 얼마나 커야 할까?"

"내 생각엔 대략 일만 평이면 될 것 같아. 그런데 연구원이 대부분 서울 사람이거든. 그러니 가능한 서울 근방에다 땅을 사야 해."

"그거야, 그렇게 하지. 이번엔 잘 생각해서 연구소를 넉넉하게 지어."

그러면서 형진은 좀 더 넓은 땅을 알아보도록 지시를 해야겠다고 생각을 했다.

"하하, 누가 투명금속 같은 연구를 하게 될 줄 알았나? 사실 지금 연구소는 우리 전지만 연구하기에는 아주 적당하다고. 하여간 이번에는 먼 앞날을 내다보고 넉넉하게 지을 예정이다."

"잘 생각했어. 이왕 새로 짓는 데 충분히 넉넉하게 하

라고."

경호의 눈이 반짝이며 두 눈에서 자부심이 가득 흘러나왔다.

"이번에 새로 지으면 우리 연구소는 세계적인 연구소가 될 것이다."

형진도 흡족한 표정으로 맞장구를 쳤다.

"그럼. 우리 미리내에서 운영하는 연구소니 당연히 세계적인 연구소가 되어야지."

"이것은 권 박사의 요청인데. 레이저포는 레이더가 생명이라고 하더군. 권 박사는 우리 연구소에서 레이더도 연구했으면 하던데……."

그러면서 확고한 표정으로 형진을 바라봤다.

"나도 권 박사의 생각이 옳다고 생각하거든."

형진은 선뜻 찬성했다.

"그것이 필요하다면 당연히 그렇게 하도록 하자."

"그럼 그렇게 알고 연구원을 확보하도록 할게."

"이왕 하는 거 서둘러서 끝을 맺자고. 하여간 연구소 부지부터 빨리 장만하라고 할게."

경호는 잠시 생각하더니 씩 웃으며 말했다.

"우리 전지 연구소에서 그동안 부지런히 연구하여 우리 전지의 성능을 25% 이상 끌어올리는 데 성공했어. 지금 생산하고 있는 전지는 효율이 60% 정도거든. 그런데 연구소에서 그 전지를 효율 75%까지 끌어 올린 거야."

"와! 그거 정말 대단한 일을 해 내었구나. 그런데 그렇게 하려면 원가가 더 올라가지 않겠냐?"

"아무래도 조금 돈이 더 들지. 그러나 별로 큰돈이 들어가는 것은 아니야. 왜? 그 핑계로 전지 값을 좀 더 올리려고?"

형진은 머리를 끄덕였다.

"아무래도 우리 전지 값이 좀 싼 것 같아서. 그래서 그동안 적당한 핑계를 대고 한 10% 정도 올리려고 생각하고 있었어. 그런데 아주 잘 되었구나. 이젠 10% 정도 값을 올려도 소비자가 더 이익이니."

경호도 머리를 끄덕였다.

"10% 정도는 올려도 문제가 없지. 우리 전지가 리튬이온 충전지에 비하여 싼 것은 사실이니까."

"그럼 연구원들에게도 보너스를 좀 주어야 하겠지?"

"사기 문제도 있으니 어느 정도 생각해 주어야 할 것이다. 그러나 벌써부터 서둘러 줄 필요는 없어. 제품이 나온 뒤에 천천히 생각해서 주면 돼."

"그럼 그렇게 하지."

"우리 전지의 성능이 더 향상되면 소비자에게는 여러 가지로 편리할 것이다. 그러니 가격이 조금 오른다 하여 문

제될 것은 전혀 없지."

형진이와 경호는 잠시 대화가 끊겼다.

쉼 없는 팽창

　두 사람은 깊은 생각에 잠겼는데 형진이가 먼저 입을 열었다.

　"오늘 신문 보았냐? 독도 근해에서 대규모 가스가 발견되었다는데… 만약 L석유회사에서 그 가스전까지 개발하면 정말 대단한 기업이 될 것이다."

　"아! 그 기사. 나는 이미 오래전에 알고 있었어. L석유회사 연구실에 내 친구가 하나 있거든. 그 친구 말에 의할 것 같으면 독도 근해에 우리나라가 삼십 년이나 쓸 가스가 매장되어 있다는 것이다."

　형진이 놀란 표정으로 되물었다.

"신문엔 십 년이라고 했는데?"

"하하, 그것은 다 그렇게 하는 거다. 누가 매장량을 정확하게 발표를 하냐?"

"올해부터 시설을 한다고 하던데. 과연 일본에서 가만히 있으려나?"

"그래서 일본에서는 독도 문제를 국제 재판소에서 해결하자고 들고 나온 것이 아닌가?"

요즘 들어 한일관계는 예전과 달리 불거진 독도 문제를 두고 첨예하게 대립 중이었다.

"그야~ 한국에서 거절했으니 당연 소용없는 일 아닌가?"

"일본정부도 한국이 응하지 않으리라는 것을 이미 알고 있었을 것이다."

그럼에도 그런 짓들을 벌이는 행태를 형진은 이해할 수가 없었다.

"그런데 왜 그런 짓을 하는 거냐?"

"그야 명분 쌓기가 아니겠어?"

"무엇에 대한 명분을 쌓는단 말인가?"

"그 친구는 자기 회사에서 가스 송출관을 설치할 때 일본이 시비를 걸어오지 않을까 하고 걱정하던데. 친구 말로는 그곳에 매장된 가스가 엄청난 양이라서 일본이 엄청나게 배가 아플 만하다고 했어."

"그러면 일본에서도 매장량을 정확하게 알고 있는 거냐?"

"그거야 모르지. 하여간 일본이 시비만 안 걸었다면 좋겠는데. 그 가스만 뽑아 올려도 우리 경제가 눈에 뛰게 좋아질 것이다."

아마 이번 일을 계기로 일본은 더욱 덤벼들 것이 분명했다.

그럴 경우 국가가 어떻게 L석유회사를 도와주고 보호해 줄 수 있을지. 그런 고민을 하는 형진의 이마에 잡힌 주름은 깊은 골을 형성하고 있었다.

"우리 한국이 운이 좋은 나라인가 봐. 서해에서 석유가 나오더니, 이번에는 동해에서 가스가 나오다니. 우리나라가 앞으로 많이 좋아질 것이다. 거기에다 우리 회사까지 가세하면 국민소득 오만 불 시대가 곧 다가올 것이다."

"국민소득이 오만 불이라고? 이제 겨우 삼만 불인데……."

경호는 놀란 표정을 짓더니 이내 쓴 웃음과 함께 다시 입을 열었다.

"사실 국민 소득보다 젊은이에게 충분한 양질의 일자리를 만들어 주는 것이 더 중요해."

"그거야 그렇지만. 그러려면 일단은 국민소득이 올라가

야 하잖아?"

"내가 보기엔 꼭 그런 것만은 아니야. 중소기업과 대기업의 인건비 차이가 너무 많이 나. 그러니 젊은이들이 중소기업에는 잘 안 가려고 들지. 따라서 내가 보기에는 우리나라에 일자리가 없는 것이 아니고, 좋은 일자리가 없는 것이다. 그러다보니 빈부의 차이가 너무 크게 나는 것이지."

그 부분에서 형진은 스스로에게 자부심을 갖고 있었다.

"그러니 좋은 일자리를 많이많이 만들어야지. 우리 미리내가 창업된 이후 좋은 일자리를 일만 팔천 개 이상이나 만들었어. 내년이면 일만 개의 일자리가 또 생긴다고. 아마 L석유회사에서도 이 정도의 일자리는 만들 수 있을걸."

형진 또한 거기서 만족하지 않고 더욱 양질의 일자리를 늘려갈 계획이었다.

"아무리 그래도 좋은 일자린 여전히 부족이다. 만약 국민소득 오만 불이 된다면 어떤 특단의 조치가 있어야 일자리 부족이 해소될 것이다."

"그런 거야, 정치인들이 알아서 할 것이고. 하여간 동해에서 가스나 뽑아 올렸으면 좋겠어. 그렇게 되면 우리나라 형편이 많이 좋아질 것이다."

분명 그 뉴스는 빅뉴스고 대한민국 사람들 모두에게 희망적인 뉴스임에는 분명했다. 그럼에도 경호는 찌푸린 얼굴을 쉽게 펴지 못했다.

"그거냐 그렇지만… 내 예감엔 일본이 분명히 같이 나눠 먹자고 나올 것 같아."

"하하하, 이건 뭐… 이도 안 들어갈 소리야. 한국에서 그것을 나눠 먹을 리가 있어? 만약 그랬다간 양국 간의 불화가 더욱 깊어지게 될 것이다. 뿐만 아니라 대한민국의 정치인들 또한 국민들로부터 철저하게 외면 받게 될 것이다."

"그러니 문제가 아닌가? 일본에서는 배가 아파서 절대로 가만히 있지 않을 것이다."

그러자 형진이 마치 자신에게 다짐하듯 말했다.

"그래보았자 소용이 없어. 우리나라는 절대로 양보하지 않을 것이다."

"이번엔 큰 이권이 달린 문제라 일본이 어쩌면 무력을 동원할지도 몰라. 그렇게 되면 우리 정부에서 겁먹지 않겠어?"

"야. 우리가 레이저포까지 군에 제공했는데 쪽발이가 무서워서 양보한단 말이냐? 난 한국이 그렇게 물러터지진 않다고 봐."

"그럼 한번 붙어본단 말인가?"

염려스러워하는 경호를 향해 형진이 가만히 고개를 저었다.

"설마 그렇게까지야 되겠어? 독도는 엄연히 우리 땅인데."

"그거야~ 우리 입장이고. 일본은 독도가 자기네 땅이라고 계속해서 우기잖아. 그런데 막대한 자원이 발견되었는데 가만히 있겠어. 더군다나 그들은 국제사회에 독도가 자기 땅이라고 수십 년이나 선전해 왔는데, 체면 때문에라도 그냥 물러갈 것 같지는 않아."

"그렇다고 한국 정부도 물러갈 입장이 아니잖아. 더군다나 온 국민이 독도라면 신경을 곤두세우고 있는데 한국 정부에서 조금만 양보해도 펄펄 뛸걸."

경호가 한숨을 내쉬며 말했다.

"그러니 하는 말이다. 양쪽 정부가 쉽게 물러설 수 없는 입장이라 일이 아주 고약하게 될 수도 있어."

"그야, 일본 정부가 입을 다물고 있으면 되잖아."

"그리 단순하게 흘러간다면 무슨 문제가 있겠냐마는. 아마 일본 정부가 입을 다물고 있고 싶어도 극렬분자들 때문에 가만히 있을 수 없게 될 거다."

이 말을 들은 형진이가 귀찮은 듯 말을 내뱉는다.

"그렇다면 한번 화끈하게 붙어보는 거냐."

"무력으로 해결하자고? 일본 해군이 우리보다 네 배나

강하다는데… 그들과 어떻게 싸워?"

그러나 형진은 전혀 걱정스럽지 않는 표정으로 담담하게 대답을 했다.

"권 박사의 말로는 레이저포가 모든 미사일을 격추시킬 수 있다고 했어. 그러니 싸우면 우리가 무조건 이기는 거지."

"아니야. 우리 정치인은 감히 그런 모험은 하려 하지 않을 것이다."

경호의 분석도 나름대로 타당했다.

그리고 대한민국의 정치계에는 아직도 친일분자와 친미분자들에 너무 뿌리 깊게 박혀 있는 것이 현실이기도 했다.

"우리 정치인들이 겁쟁이라고?"

"북한에게 만날 두들겨 맞으면서도 어찌해보지 못 하고 항상 뒤에서만 떠들어대고 있잖아."

"그것은 겁이 많아서가 아니고 북한에 살고 있는, 우리와 같은 민족인 그들을 가엾게 여겨서 그런 것일 테지. 그러나 일본이 정말 무력을 동원한다면 우리 정치인들도 쉽게 물러가지 않을 것이다."

그럴 경우 그들은 그나마 남아 있는 사람들의 지지기반마저 물거품처럼 사라져 버리게 된다는 것을 알고 있을 것이다.

"그럼 형진이 너는 우리가 일본과 싸워서라도 가스를 독식해야 한다는 거냐?"

"그야~ 당연하지. 왜 우리 것을 남과 더군다나 일본과 나누워 먹어. 우리가 먹기도 모자란데."

경호는 머리를 흔들며 말했다.

"두고 보라고. 일본이 절대로 가만히 안 있을 터이니까."

형진이 느긋한 표정으로 입을 열었다.

"한국군이 깡다구가 있어서 그렇게 만만하게는 당하지 않을 것이다. 그리고 독도 문제를 너무 시간을 끌었어. 까짓것 한바탕 시원하게 하고 화해하는 것이 낫잖아."

그 부분에서 경호는 형진과 의견을 달리했다.

"싸우지는 말아야지. 싸우고서 쉽게 화해가 되겠어."

"싸운다고 뭐 크게 싸우나? 바다에서 쿠당탕 한번하면 끝날걸."

"하여간 나는 양쪽이 피를 보지 않고 해결했으면 좋겠어."

"아마 서로 눈 흘기다가 끝날 것이다."

12월 말이 되면 회사는 항상 수출 물량이 늘어나 바쁘다. 더욱이 연말 결산도 있고 해서 더욱 바쁘다.

형진이가 서류에 파묻혀서 결재를 하고 있는데, 진수와

민 사장이 들어왔다. 형진은 자리에서 일어나 소파 쪽으로 가며 말했다.

"어때, 결산은 끝나가는 것이냐?"

진수가 소파에 앉으며 대답했다.

"우리 투명금속이야, 결산을 하고 말고가 있냐? 주먹구구로도 할 수 있는걸."

"그래, 올해 매출이 어느 정도야?"

"대략 십사 조 정도야. 첫해 영업치고는 무척 괜찮은 편이지."

"와! 대단하구먼. 내가 생각했던 것보다는 훨씬 더 많은데."

"그럼 일 년 내내 이부제로 밤낮으로 생산해 냈는데 당연하지."

"그럼 지금 짓고 있는 공장은 다 완공이 된 것이냐?"

세 사람은 업무 얘기로 바쁘게 돌아갔다.

"이미 열 개가 완공되어 인력 배치도 끝났어. 내년 1월 5일부터 본격적인 생산에 들어 갈 것이다."

"그럼 나머지 열 개 공장은?"

"그것도 내년 3월 말이면 공사가 끝나. 그리고 4월 초면 공장이 가동될 것이다."

"내년 초부터 공사를 시작하기로 한 공장은 차질이 없겠지?"

"그것도 차질 없이 진행될 것이다."

형진은 그제야 만족한 듯 환하게 웃었다.

"그런데 내년 생산되는 투명금속은 다 팔수 있는 거냐?"

"하하, 별걱정을 다 하네. 이미 주문 맡아 놓은 것이 일일 삼만 톤이 넘어. 내년에 새로 지은 공장이 가동하자마자 이부제로 운영해야 할 형편이다."

형진은 절로 기분이 좋아졌다.

"와! 그거 대단하구나? 그런데 누가 그렇게 많이 사가는 거냐?"

"지금 가장 안달이 나서 야단치는 곳이 주방기구 공장과 식기 공장이다. 그런데 이번엔 핸드폰 공장에서도 가세를 하였어."

형진이 의아하다는 듯 고개를 까딱였다.

"아니! 핸드폰엔 투명금속이 왜 필요해?"

"핸드폰 케이스로 우리 투명금속을 사용하기 시작했어. 우리 투명금속이 지금 사용하고 있는 플라스틱보다 더 단단하고 질기거든. 그리고 더 가볍잖아. 그런 면에서 핸드폰 케이스로는 더없이 좋은 재질이지."

잠시 생각을 해보던 형진이 회의적인 표정으로 다시 물었다.

"핸드폰 케이스 같은 것으로 우리 투명금속이 얼마나 소

비가 되겠어?"

"사람들이 가장 많이 사용하는 것이라 말한 것이지. 사실 그쪽으로는 소비에 한계가 있어. 그리고 곧 보잉사에서 만드는 여객기가 우리 투명금속으로 만들어질 것 같아. 또 지금 가장 많이 소비 되는 곳은 건설업계야."

투명금속은 출시 이후 마치 날개가 달린 듯 팔려나가고 있었다.

창고에 적재될 틈도 없이 생산이 되자마자 바로 실려 나가고 있는 형편이었다. 그러므로 일을 하는 사람들도 더욱 신나했다.

자신이 만들어낸 물건이 잘 팔려나가니 덩달아 신이 나는 것이다.

"유리창 대신 대부분 우리 투명금속을 사용하고 있거든. 그 소비가 엄청나서 한동안은 그 주문을 감당하기 어려울 것이다. 더군다나 자동차 업계에서도 자동차를 투명금속으로 만들고 있어. 이것으로 자동차를 만들면 연비를 30%나 절감할 수 있거든."

"그럼 내년에 투명금속을 얼마나 가공해서 내보낼 수 있냐?"

"우리가 가공할 수 있는 공장 시설은 일일 일만 톤 정도야. 그것도 지금 짓고 있는 공장이 완공되어야만 그렇게 할 수 있어. 그리고 가능한 가공하지 않은 투명금속을 그

대로 수출할 예정이다. 또 대부분 공장에서 가공하지 않은 투명금속을 원해."

"가공하지 않은 투명금속을 그대로 판다면 우리로서도 나쁠 것이 없지."

원래 투명금속은 블랙홀에서 나올 때 쌀알만 한 구슬로 생산된다. 이것을 미리내에서는 50kg씩 포장하여 팔고 있다.

형진이가 민 사장을 쳐다보자 민 사장이 입을 열었다.

"우리 전지 회사에서는 올해 매출이 사십오 조 정도 될 것입니다. 이 매출 중 대형 전지가 십 조 이상이나 됩니다."

"대형 전지의 주문은 지금도 많이 들어옵니까?"

"예. 이미 내년까지 생산물량의 계약이 끝난 상태입니다."

"그렇다면 공장을 더 세워야 하는 것 아닙니까?"

"이번에 만 칠천 평을 사들인 땅에 공장을 지을 예정입니다."

형진은 다시 진수를 바라보며 물었다.

"은행 융자 삼조를 받았는데, 그것 가지고 공장을 짓는 데 부족하지 않겠냐?"

"사실 억지로 지으려면 은행에서 돈을 안 빌려도 되는 데, 그러려면 여러 가지로 어려울 것 같아서 융자를 얻은

것이다. 하여간 공장을 짓는데 자금이 모자랄 가능성은 별로 없어."

다행이라는 듯 형진이 천천히 고개를 끄덕였다.

그리고 날카로운 시선으로 다시 물었다.

"내년에도 물량이 딸린다면 공장을 더 지어야 하지 않겠는가?"

"글쎄. 나도 그렇게 생각하는데 그러려면 그 공장을 짓는 것은 돈을 외부에서 빌려와야만 가능해."

그러나 어쩔 수 없는 상황이었다.

밀려드는 주문을 감당하기 위해서 공장을 더 지어야만 할 상황인 것이다. 그렇게 하여 주문을 하는 업체들에게 필요한 양과 날짜를 맞춰줘야만 미리내의 신용도가 더욱 높아지는 것이다.

"이왕 빌리는 김에 더 빌려서 공장을 짓도록 하자고. 물건이 딸려서 못 파는 것보다 그쪽이 더 낫지 않겠어?"

진수와 민 사장이 동시에 고개를 끄덕였다.

"그럼 올해에도 공장을 이십 개를 짓는 것 아니야?"

"그래보아야 일일 사만 삼천 톤인데. 그 정도야 소비시킬 수 있잖아?"

진수가 약간 꺼림칙한 표정으로 대답을 했다.

"그 정도야 가능하지. 그러나 빚 얻어서 장사하기가 싫어서 그러는 것이지."

"그거야, 금방 갚아 버리면 될 것 아닌가?"

"만약 내년에도 물량이 딸리면 어떻게 할 생각인데?"

"그렇다면 또 공장을 지어야지."

진수가 머리를 흔들면서 대답했다.

"회사가 갑자기 커지니 문득 두려운 생각이 들어. 올해 공장을 가동하자마자 물량이 딸려서 이부제로 운영을 했는데, 아무래도 올해도 그렇게 해야 할 것 같아. 투명금속의 근로자가 삼천 명이었는데, 지금은 팔천 명으로 늘어났어."

그야말로 우후죽순처럼 커나가고 있는 미리내였다.

"그리고 내년 3월이면 만 삼천 명으로 늘어날 것이다. 그런데 주문 들어온 것으로 보아선 그 공장들도 이부제로 운영해야 할 것 같아. 만약 그렇게 된다면 내년에 근로자 수는 이만 삼천 명이나 되는 거다."

갑작스럽게 팽창하는 회사에 대해 한편으로는 조심스럽고 불안해하는 진수였다.

"내 생각 같아서는 이렇게 급히 팽창하는 것이 좋지 않을 것 같아. 일이란 밑바닥을 다지면서 천천히 진행되어야 하는 것 아니야?"

진수가 걱정스러운 표정으로 말하자 형진은 오히려 웃었다.

"모든 것엔 다 때가 있는 것이다. 사업도 마찬가지야. 상

품이 없어서 못 팔 때 사업을 확장해야지."

형진이 차분한 표정으로 진수를 설득해나갔다.

"투명금속은 유리와 철을 대신해서 쓸 수 있는 금속이다. 그러니 시간이 지날수록 매출이 늘어날 수밖에 없어. 그런데 회사 규모가 커지는 것이 두려워 주춤할 수 있겠어?"

"그거야……."

진수의 말을 끊은 형진이 다시 말을 이었다.

"철도 달궈졌을 때 두들기라고 했어. 내가 판단하기에는 지금이 우리 회사를 대대적으로 확장할 절호의 기회야. 그러니까 아무 걱정 말고 팍팍 밀어 붙여."

형진이 말을 들은 진수가 씁쓸하게 웃었다.

"넌 욕심이 순 도적이다. 무슨 기업을 이렇게 무지막지하게 확장시키냐?"

"야. 자고로 용감한 자가 미인을 차지한다고 했어. 제품이 잘나가는데 왜 겁을 내? 꾸물 대어가지고 언제 세계에서 제일 큰 기업이 될 수 있겠어?"

"또 그놈에 세계 제일 가는 기업이냐? 나는 땅을 다지듯 회사를 알차게 키우고 싶어서 그러지."

형진은 진수의 심정을 충분히 이해했다.

그러나 형진이 판단하기에 지금은 조심스럽게 투자를 늘려갈 상황이 아니었다. 앞만 보고 달려도 되는 그런 시기였다.

그리고 형진이 그렇게 자신 있어 하는 중요한 이유 중의 하나는 급격하게 연구원을 확보하고 있는 연구소에 대한 믿음 때문이었다.

연구소에서 다시 한 번 세상을 깜짝 놀라게 할 그 무엇을 반드시 개발해 낼 것이라는 믿음.

"아니! 우리 회사처럼 알찬 기업이 어디 있니? 우린 지금까지 무차입 경영을 해 왔는데. 뭐, 정 그렇다면 내 후년에는 상황을 보고 잠깐 쉬어가든지……."

진수가 머리를 갸우뚱하며 말했다.

"그 말을 믿어도 될까?"

"이것은 내 생각인데, 내년까지 공장을 세우면 모두 사만 삼천 톤이거든. 만약에 물건이 딸린다면 이부제로 운영을 하면 하루에 팔만 육천 톤까지 생산할 수 있잖아? 투명금속이 아무리 잘 팔린다고 해도 그 정도면 한동안 버틸 수 있지 않을까?"

"그럼 물건이 안 나갈 것 같아서 쉬겠다고 한 것이냐?"

형진은 환하게 웃으며 머리를 끄덕였다.

이때 민 사장이 입을 열었다.

"내년에 임금을 어떻게 하시겠습니까?"

그 말을 들은 형진이가 진수를 바라봤다. 그러자 진수는 잠시 생각하다 말했다.

"내년에는 인건비를 5% 정도 인상하기로 하자. 그리고 떡값은 300%로 하고. 계속 장사가 잘 되었으니 지난해처럼 주자."

형진은 선뜻 머리를 끄덕여 동의했다.

"그럼 그렇게 하지. 이러다가 우리 회사 월급이 국내 기업들 중에 제일 많겠다."

"이 말을 듣고 진수가 퉁명스럽게 한마디 했다.

"이 사람아. 지금도 우리 회사 월급이 제일 많아. 그리고 우리 협력 업체들도 다른 회사 협력업체보다 월급이 훨씬 많다."

"사람들이 월급을 많이 받는 것은 좋은 일이다. 그런데 너는 왜 퉁명스럽게 말을 하냐?"

"이 사람아, 아무리 회사가 잘된다고 해도 월급을 매년 20%씩 올려 주는 데가 어디 있어? 무얼 잘했다고 큰소리야?"

형진은 민 사장을 보며 물었다.

"민 사장님, 내가 과연 잘못한 것입니까?"

민 사장은 진수와는 형편이 다르다. 진수는 엄연히 회사에 2인자며 주식도 많이 가지고 있다.

그러나 민 사장은 단순한 고용인일 뿐이다. 그러니 민 사장 입장에서는 월급이 많으면 많을수록 좋았다. 그래서 민 사장은 펄쩍 뛰었다.

"회장님께서 잘못하실 리가 있겠습니까? 회사가 잘되면 당연히 월급을 많이 주어야지요. 그 덕분에 우리 회사가 젊은이들 간에 인기가 제일 좋습니다. 그래서 인재들은 다 우리 회사로 몰려들고 있는 실정입니다."

이 말을 들은 형진이가 그것 보란 듯 진수를 바라봤다.

진수는 못마땅한 표정으로 민 사장을 쳐다본다. 그러자 민 사장은 시선을 천장으로 돌린다.

진수는 그 꼴을 보고 피씩 웃었다.

"그래, 월급을 팍팍 올려줘라. 그리고 떡값도 한 1000%씩 주어라. 우리 회사가 대한민국에서 제일 잘 나가는 회사 아니냐? 올해 경상이익만 이십 조가 넘는데 못 줄 것도 없지."

진수의 말을 들은 형진이가 진수를 빤히 쳐다보며 말한다.

"지금 무슨 말을 하는 거야? 월급을 더 올려주란 말이야, 아니면 올려주지 말란 말이야? 좀 알아듣기 쉽게 말해라."

진수는 형진이 말을 듣고 입을 딱 벌린다.

"이젠 말도 못 알아들어? 월급을 올려 주는 것도 그래. 다른 대기업과 형평성을 맞추어 주어야지? 우리 회사 장사 잘된다고 팍팍 올려 주냐? 지금 우리 회사 중견 사원의 연봉이 어떻게 되는지나 알아?"

"글쎄… 한 육천오백밖에 안 되는데……."

그러자 진수가 답답한 듯 자신의 가슴을 두들겨댔다.

"와! 미치겠다. 인마 회장이 사원들 월급도 몰라? 우리 회사 중견 사원들의 연봉이 칠천만 원이야. 거기에다 또 5% 올려주면 연봉이 칠천삼백오십만 원이야."

"그래? 그럼 다른 회사 중견 사원 월급은?"

"겨우 육천만 원이 조금 넘어."

그러자 형진이 대수롭지 않다는 듯 대꾸했다.

"뭐, 그럼 우리가 별로 많이 주는 것도 아니잖아. 인마, 이 회사는 나 임형진이와 서진수가 경영하는 회사야. 그런데 어떻게 다른 회사와 비교를 하니? 우리 회사가 당연히 다른 대기업보다 모든 면에서 앞서야지."

형진의 배포에 기가 질린 듯 진수는 입을 멍하니 벌리고 있었다.

"그리고 생각해봐라. 연봉 칠천만 원 받아가지고 언제 집을 사니? 그거 가지고 돈 아껴 써가며 모은다고 해도 일 년에 이천만 원 모으기도 힘들어. 그렇게 십 년을 모아도 집 한 채 못 산다고 그런데 넌 그 월급이 많은 거라 생각 하냐?"

진수는 또다시 형진이를 멍하니 쳐다봤다. 그러더니 어처구니없다는 듯 한마디를 툭 내뱉었다.

"그럼 아예 집을 지어서 직원들에게 나눠 주어라."

"인마. 우리한테 그런 돈이 어디 있어? 그러나 앞으로 돈을 많이 벌면 임대 주택을 많이 지어 나눠줄 것이야."

진수는 자리에서 벌떡 일어나면서 말한다.

"임 회장. 너하고 더 말하다가는 내가 열 받아 폭발하겠다. 나 그만 간다."

진수가 나가자 민 사장도 일어서서 나간다. 그러자 형진은 혼자 투덜거린다.

"짜식. 다 같이 잘 먹고 잘 살자고 회사를 만든 것인데 왜 화를 내고 그래. 내가 뭐 잘못한 것도 없는데. 빌어먹을 놈. 미친 듯이 돈 벌어서 죽을 때 무덤까지 가지고 갈 거야?"

2019년 새해가 들어선 지 석 달이 지난 사월 초.

형진은 결재 서류를 훑어보면서 사인을 하고 있었다.

그는 며칠 전에 안산 공장으로 내려가 준공식에 참석했다. 이제 투명금속 공장은 모두 23개나 된다.

공장을 정상적으로 가동해도 하루에 투명금속을 이만 삼천 톤이나 생산한다. 또 새로 지은 사옥으로 이사를 하느라 한동안 어수선하기도 했다.

그런데 이젠 자리가 잡혀 모든 것이 안정되었다.

형진은 새로 마련한 회장실이 아직은 낯이 설었다. 회장실은 광장처럼 넓어 혼자서 사용하기에는 너무나 외로

왔다.

그는 일어나 창문가로 간다. 창문은 짙은 청색 투명금속으로 되어 있다.

사옥은 지상만 삼만 육천 평이나 되는 큰 건물로 삼십 층짜리다. 그는 창문에서 시내를 내려다보고 생각에 잠겨 있는데 문이 열리며 진수가 들어온다.

진수는 들어오자마자 소파 쪽으로 가서 털썩 주저앉는다. 형진이가 보니 그 얼굴에 피로한 기색이 역력하다.

"이봐 자네. 어제 술 마신 거야?"

진수가 기가 막히다는 표정으로 형진을 바라봤다.

"술? 요새 술 마실 시간이 어디 있어?"

"그런데 왜 그렇게 피로한 기색이야?"

"그야 일이 많아서 그렇지. 공장이 한꺼번에 이십 개나 돌아가는데 어떻게 안 바빠?"

"그런 건 밑에 사람들이 알아서 할 것 아니야?"

그러나 진수는 아랫사람에게 맡겨만 놓는 스타일이 아니었다.

자신이 직접 발로 뛰면서 확인을 해야만 안심하는 스타일이었다. 그만큼 일에 관해서는 확실한 성격이었다.

"안 그래. 한동안 이런 저런 일들이 많았다. 자리가 잡히려면 앞으로도 한 석 달은 걸려."

"새로 마련한 사장실은 마음에 들어?"

진수가 피식 웃으면서 대답을 했다.

"사장실이 삼십 평이나 되니까… 내가 거기에 있으면 꼭 무인도에 혼자 표류한 사람 같아."

"그래? 사실은 나도 그래. 어느 녀석이 회장실을 이렇게 크게 만든 것이야."

그러자 진수가 형진이를 쳐다보며 피씩 웃었다.

"회장실은 이만 해야 해. 대미리내 회장이 이만한 곳에서 있어야지."

이때 여비서가 설록차를 들고 들어온다. 투명한 유리잔에 노란 찻물이 가득하다. 진수는 찻잔을 들고 한모금 마시고는 찻잔을 보며 말한다.

"어째 이상하다. 이거 투명금속으로 만든 거 아니야?"

형진은 머리를 끄덕인다.

"내가 비서에게 투명금속으로 만든 잔을 사오라고 했어. 그런데 찻잔이 너무 가벼우니까 좀 이상하지 않아?"

"뭐 좋은데. 잔도 유리잔보다 더 투명해서 마시기가 기분이 좋은데."

"그런데 공장은 잘 돌아가고 있는 거야?"

진수는 머리를 끄덕인다.

"지금 하루에 투명금속을 삼만 육천 톤을 생산하고 있어. 벌써 열 개의 공장은 이부제로 운영하고 있고… 그리고 석 달 후엔 나머지 공장도 이부제로 운영해야 할 것 같

아. 그래서 지금 계획을 세우고 있는 중이야."

"그런데 주문이 그처럼 많이 들어오는 거야?"

누가 보면 마치 마법에 걸린 것 같을 것이다. 주문이 끝도 없이 쇄도해 들어오고 있었으니까.

"지금 주문이 들어오는 것을 다 소화시키지 못하고 있어. 특히 자동차용 투명금속판을 많이 요구하고 있거든."

"그것은 우리 회사에서 생산하는 데 한계가 있지 않아?"

"그러니까 우리 투명금속을 다른 나라 제철소에서 사다가 자동차용 투명금속판을 만들어 파는 것이지. 지금 생산되고 있는 많은 차들이 투명금속을 사용하고 있어. 그러니한동안 우리 투명금속은 딸릴 것이야"

"자동차용으로만 우리 투명금속을 다 소화시킬 수 있을까?"

"아니야. 지금 건물에 유리보다 우리 투명금속을 더 많이 사용하고 있어. 건물에 사용되는 투명금속도 자동차용에 뒤지지 않아. 앞으로는 건물에 쓸 투명금속이 더 많이 팔려 나갈 것이야."

"하여간 잘 팔려 나간다니 정말 다행이다. 나는 갑자기 많이 생산되어서 다 소비시키지 못할까 봐 걱정했었는데."

이때 진수가 한동안 생각에 잠기다가 다시 입을 열었다.

"내가 아무리 생각해도 내년에는 투명금속이 딸릴 것 같아."

"그거야 지금 짓고 있는 공장이 완공되면 또 하루에 이만 톤씩 쏟아져 나오지 않아?"

"그것까지 생각해서 한 말이야."

진수가 그렇다면 그럴 것이다.

이제까지 진수의 분석과 예측이 틀렸던 적은 없었다. 그럼에도 형진은 설마하며 물었다.

"설마. 내년부터는 정상 가동만 해도 하루에 사만 삼천 톤이 생산되는데. 만약 그것이 모자라다면 이부제로 운영하면 팔만 육천 톤이나 생산되는데… 그 많은 물량이 과연 다 소화가 되겠어?"

"야! 이 사람아. 투명금속의 사장이 나야. 내가 사장인데 그런 거 생각 안 했겠어?"

형진은 당장은 할 말이 없었다.

"……."

"지금 칼, 가위, 과도 같은 것마저 우리 투명금속이 사용되고 있다고. 무슨 말이냐 하면 철 대신 우리 투명금속이 그 자릴 차지하고 있다고."

이미 철에 대한 대용품으로 투명금속이 인식되어 가고

있었다. 그래서 철이 소비되었던 자리를 투명금속이 빠르게 점령해 가고 있었다.

"투명금속으로 칼을 만든다고? 투명금속이 그렇게 강하진 않지 않아?"

"투명금속도 담금질이 가능해. 그러니 모든 철을 대신할 수 있을 정도야. 지금 이 회장실 투명금속은 방탄 효과가 있어서 어떤 총으로도 저 투명금속을 뚫을 수 없다고. 이처럼 투명금속은 모든 면에 쓸모가 있어 시간이 지남에 따라 점점 수효가 폭발하고 있어."

"하하, 그러면 나야 좋지. 내 물건이 좋아서 잘 팔린다는데 뭐가 걱정이야?"

"내년까지는 그런대로 버틸 수 있지만, 내후년에는 물량이 딸리게 된다고."

"야. 그럼 공장을 더 세우면 되지 않아?"

"이 사람아. 우리가 당분간 기업을 더 확장 안 하기로 했지 않아?"

잠시 찔끔하던 형진이 천연덕스럽게 웃으면서 대답을 했다.

"허허. 기업이란 말이야, 전쟁을 하는 것과 같은 것이야. 그런데 적의 움직임이 바뀌었는데 계획대로만 해야 되냐?"

뻔뻔한 형진의 말에 진수는 기가 찬 듯 일시지간 말문을 열지 못했다.

"……."

"적의 움직임이 바뀌었으면 당연이 우리 계획도 당연히 수정해야지."

형진의 판단은 옳은 것이었다. 그래서 진수가 힘이 푹 빠진 목소리로 물었다.

"그래서, 공장을 올해에도 추가로 짓자는 말이야?"

"내후년에는 물량이 딸릴 것이라며? 아니! 소비자가 우리 물건을 필요로 하는데 왜 더 안 만들어?"

진수가 다소 곤란하다는 표정으로 대답을 했다.

"지금… 우리에게는 여기서 더 이상 공장을 지을 돈이 없어."

"그게 무슨 문제야. 은행 두었다가 무엇에 쓰냐? 이럴 때 돈을 빌려 써야지."

형진의 말에 진수가 불안해했다.

"그럼 빚지고 장사하자는 거야?"

형진은 대수롭지 않게 생각을 했다.

"그거야, 곧 갚으면 되지. 투명금속은 팔면 파는 대로 다 남는 것인데 무엇이 걱정이야?"

투명금속의 원가는 톤당 백만 원도 안 된다.

미리내는 투명금속을 독점하게 되자 원가에 열 배나 되는 폭리를 남기고 팔기 시작한 것이다. 물론 이 원가에는

인건비와 경상비가 포함되지 않은 것이지만, 막대한 이익을 남긴다는 것은 틀림없었다.

"그럼 서둘러서 유월부터 공장 열 개를 더 짓도록 하자."

진수가 죽을상을 지어 보였다.

"자금도 일이 많은데 공장까지 지으면 난 아주 힘들어 죽을 지경이 될 것이다."

"유월이 되면 자리가 잡혀서 그렇게 힘들지 않을 것이야."

진수가 한심하다는 듯 형진을 째려봤다.

"지금 공장에서는 무슨 일이 일어나고 있는 지나 알아?"

"무슨 일이라니? 그게 무엇인데?"

"매일 삼만 육천 톤의 물량을 인천항까지 실어 나르는데 화물차 삼백육십 대가 쉬지 않고 투명금속을 실어 날라야 해. 이것도 보통일이 아니라고."

진수는 일을 하면서 느꼈던 중압감을 솔직하게 형진에게 털어놨다.

"그런데 곧 열 개의 공장을 이부제로 운영해야 해. 그렇게 되면 사백육십 대의 화물차를 운영해야 한다. 거기에다 이만 사천 명의 노동자를 관리해야 하는 것이야."

진수는 잠시 말을 멈추고 기다랗게 한숨을 내쉬었다.

"내가 이제까지 이렇게 큰일을 해본 적이 없는데, 이 일을 맡아 하자니 얼마나 힘들겠어?"

형진이 팔을 뻗어 진수의 손을 움켜잡았다.

그리고 두 눈을 빛내면서 진수에게 말했다.

"자네는 뛰어난 사람이라 충분히 해낼 수 있어. 큰일을 하자면 누군가의 희생이 필요한 것이야. 우리 중 그 일을 해낼 사람은 오직 자네뿐이야."

형진은 진수에게 최면을 걸듯 말하고 있었다.

"그 대신 이 일을 무사히 해내면 성취욕뿐만 아니라, 자네는 세계적인 경영자로 이름을 남기게 될 것이야. 어디 그뿐인가. 자네는 나라와 국민을 위해서 위대한 업적을 남기게 되는 것이야."

형진의 말이 끝나자 진수는 서둘러 손을 뺐다. 그러면서 형진을 흘겼다.

"하하, 이 사람! 갈수록 점점 더 교활해지네. 자네 사람 부려먹는 것에 도를 터득한 것 아니야? 그런 식으로 날 꼬여서 부려 먹다니?"

그러면서도 진수는 싫지 않은 표정이었다.

"이 사람아. 자네가 이 회사의 일반 직원인가? 자네는 엄연한 내 동업자고 이 회사의 주인이야. 그런데 내가 뭘 꼬여서 부려먹어? 자네 능력이 나보다 나으니 자네가 맡아서 하는 것이지. 그러니 이제 엄살은 그만 부리고 빨리 공

장이나 착공하라고."

"와! 이 친구 말하는 것 좀 보게. 나더러 엄살이라고? 나는 지금 크게 비명이라도 지르고 싶은 심정이란 말이야."

"자네가 얼마나 힘든지는 나도 알고 있어. 그러나 우리 미리내를 위해서, 또 우리 대한민국과 국민을 위하여 힘을 다해 일해 보라고. 결국 큰 보람을 느끼게 될 것이야."

형진이 말을 들은 진수는 차디차게 식은 차를 마신다. 그는 한동안 생각에 잠겨 있다가 말한다.

"좋아. 이왕 시작한 것 끝을 봐야지. 나는 돈을 벌면 폼 나게 쓰고 다니며 과시도 하고 즐기면서 살려고 했는데. 이거 내 생각과는 영 딴판이야. 한번 폼 나게 돈을 써 볼 시간도 없고 과시 같은 것은 꿈도 못 꿔 보고. 항상 일에 갇혀서 정신없이 뛰어 다녀야 하니. 도대체 돈을 왜 버는 것이야?"

그 말을 들은 형진이 입가에 연한 미소를 지었다.

"자네도 아직 못 깨닫는 것이 있나? 세상이란 능력 있는 자가 밤낮 쉬지 않고 일함으로 평범한 많은 사람이 그 사람 덕으로 먹고 사는 것이야. 자네가 희생함으로 인해 많은 사람이 잘 먹고 잘 살지 않는가?"

형진은 자신의 철학을 진수에게 전하고 있었다.

"지금 우리 회사에서 일하는 사람이 모두 사만 삼천 명이 넘어. 이 사람들이 다 자네가 노고를 아끼지 않고 희생한 덕분에 이렇게 잘 먹고 잘 사는 게 아닌가? 경영자의 보람이란 이런 것이지, 그 무슨 다른 영화가 있겠나?"

착 가라앉은 형진의 목소리가 끝나자 이번에는 진수가 형진의 손을 잡아주었다.

"하하, 자네는 이제 최고 경영자의 자질을 갖추었어. 사람 살살 달래어 부려먹는 솜씨까지 터득했으니 말이야. 도대체 자네는 만족을 모르는 사람이야. 사람이 멈추고 쉴줄도 알아야지."

"아! 이 사람아, 모든 것은 다 때가 있는 것이야. 지금은 멈추어서 쉴 때가 아니야. 때가 되면 나도 멈추어서 쉴 터이니 걱정 말라고."

"뭐! 자네가 멈추어서 쉴 때가 올 것이라고? 아마 그런 때는 영원히 오지 않을 것이야. 자네는 만족을 모르는 욕심쟁이야."

"하하, 그런가? 그러나 우리가 부지런히 일해서 미리내를 이만큼 키우지 않았는가? 이것도 만족을 모르는 욕심 때문이라고 해야지. 하여간 우리의 욕심 때문에 많은 일자리를 만들 수 있으니 좋은 일 아닌가?"

"자네는 모든 것을 자네 편하게 해석을 하는구먼."

"하하하!!!"

두 사람의 잔잔한 웃음 소리가 넓은 공간에 메아리치고 있었다.

일본의 꼼수

일본의 경제 산업성의 장관이 총리에게 말한다.

"독도 근해에는 가스가 무려 삼조 달러나 매장되어 있는데, 그것을 한국이 독식을 하도록 하실 생각이십니까?"

총리가 놀라서 되물었다.

"그곳에 가스가 그렇게나 많이 매장되어 있습니까? 내가 들은 것과는 많이 다릅니다."

"한국 L석유회사에서 발표한 것은 사실과 전혀 다릅니다. 그곳엔 한국이 삼십 년 동안 쓸 수 있는 가스가 매장되어 있습니다."

그러자 총리가 눈을 빛내면서 물었다.

"…그렇다면 지금 우리가 할 수 있는 것이 무엇입니까?"

"독도는 양국이 오랫동안 서로 자기 영토라고 주장해 왔습니다. 그것을 이제 와서 갑자기 힘으로 제제하기엔 적합하지 않습니다. 그러나 우리는 독도에 매장되어 있는 가스에 지분을 요구할 수는 있습니다. 사실 우리는 독도를 우리 땅이라고 그동안 줄기차게 주장해 왔지 않습니까?"

총리는 얼굴을 찌푸리며 고개를 까닥였다.

"그렇기는 하나 말로써 한국이 듣겠습니까?"

"그렇다 하여 우리가 방관만 한다면 국제사회에서는 독도가 한국 땅인데 여태껏 우리 일본이 억지를 썼다고 할 것입니다."

일본총리는 가만히 한숨을 내쉰다.

여태껏 독도를 일본 땅이라고 전 세계에 알려 왔는데 그 독도에서 한국이 가스를 뽑게 한다면 일본의 체면이 말이 아니게 된다.

그렇다고 한국과 외교적으로 해결을 한다는 것도 어렵다.

독도에 대한 한국 국민의 애정이 유별하여 한국 정치인들도 독도에 대하여 자유롭지 못 하기 때문에 정치인들을

통한 접근도 어려웠다.

만약 독도에 대하여 조금이라도 양보를 한다면 매국노로 몰릴 판이다.

한국의 정치 사정이 이러나 외교적으로 양보를 바랄 수 있겠는가? 그렇다 하여 일본정부도 이 일을 모르는 척할 수가 없는 입장이었다.

긴 고민 끝에 곤혹스러운 표정으로 총리가 질문을 했다.

"우리가 한국에게 어떻게 해야 하겠습니까?"

"우선 독도의 가스를 같이 개발하자고 하는 것입니다. 사실 우리에게 절반 정도의 지분이 있는 것이 아닙니까?"

"그렇긴 하나 한국정부는 절대로 그것을 인정하지 않을 것입니다."

경제산업성 장관이 은근한 목소리로 입을 열었다.

"우선 외무성을 통하여 독도 가스를 공동개발하자고 해 보시지요."

"한국은 이미 가스를 개발하기 시작하였는데 우리 요구를 들어주겠습니까?"

"만약 한국이 거절한다면 우리가 그 일에 관여할 명분이 생기지 않겠습니까?"

"명분이라…? 장관께서는 우리가 그 가스를 절대로 양

보해서는 안 된다고 생각하시는 것입니까?”

경제산업성 장관은 대답하기가 난처한지 잠시 망설이다가 대답한다.

“그것은 총리께서 결정하실 일입니다. 만약 우리가 독도 문제에 침묵하여 한국이 독도의 가스를 독식하게 된다면 국민들은 분명히 우리 정부를 문책하려 할 것입니다.”

총리가 장관의 시선을 피하지 않았다.

두 사람의 시선이 허공에서 부딪친 채 서로를 맹렬히 탐색하기 시작했다.

“장관의 말씀은 독도는 우리가 무력이라도 사용해야 할만큼 가치가 있다고 말하고 싶은 것입니까?”

“그것은 제가 말씀 드리기엔 적절하지 않습니다. 그러나 삼조 달러는 결코 쉽게 포기할 만한 액수가 아닙니다.”

경제 산업성장관은 노골적으로 군사개입을 말하지는 않았으나 그는 분명히 무력을 사용해서라도 독도의 가스를 차지해야 한다고 주장한 것이다.

총리는 차라리 장관이 노골적으로 말해주었으면 좋겠다고 생각했다.

사실 이 독도 문제로 인해 총리도 속으로 끙끙 앓고 있었다. 독도 문제는 오랫동안 일본에게는 뜨거운 감자와 같

았다.

그래서 누구도 그것을 만지기를 싫어했다.

그런데 총리는 이 감자를 더 이상은 외면할 수 없게 된 것이다. 그는 독도에서 가스가 나오지 않았으면 좋을 뻔하였다고 생각했다.

다음 날, 일본 총리는 외무성장관에게 한국정부에게 독도 문제를 거론하라고 명령했다.

외무성 장관은 즉시 일본주재 한국 대사에게 독도 문제에 관하여 훈령을 내렸다.

이날 오후 일본대사는 한국 외무부 장관을 찾아왔다. 그는 다소 난처한 표정으로 입을 연다.

"귀국이 지금 독도 근해에 개발하고 있는 가스개발을 중단해주시길 바랍니다."

한국의 외무부 장관이 딱딱한 표정으로 입을 열었다.

"귀국이 아국의 가스개발에 관여함은 적절치 않습니다."

그러나 일본 대사는 물러서지 않았다.

"장관께서도 아시다시피 아국은 독도를 우리 영토라고 줄기차게 주장해온 바 있습니다. 지금 한국에서 개발하고 있는 가스는 우리의 배타적 경제수역 안에 있으므로 귀국에서 독자 개발함은 결코 온당치 않습니다."

이 말을 들은 외무장관은 정색을 하고 말한다.

"독도는 엄연히 우리나라의 영토입니다. 그곳이 어떻게 귀국의 배타적인 경제수역이란 말입니까? 우리 정부는 귀국의 그런 억지를 도저히… 받아들일 수 없습니다."

이 말을 들은 일본대사도 정색을 하고 말한다.

"독도는 아국의 영토임에도 귀국이 먼저 강점하고 지금까지 귀국의 영토라고 주장하고 있는 것입니다. 우리는 이 조그만 땅으로 인하여 귀국과 더 이상 얼굴을 붉히기를 원치 않습니다."

외부무장관은 뻔뻔한 일본 대사의 얼굴에 침이라고 뱉고 싶은 심정이었다.

"그러나 독도에서 막대한 자원이 발견되었는데 귀국에서 일방적으로 개발하고 독식하겠다는 것은 우리 일본을 무시하는 일입니다. 우리는 절대로 이일을 묵과할 수 없습니다."

이 말을 들은 외무장관의 얼굴에는 노기가 떠오른다.

"허허, 귀국에서 묵과할 수 없다면 어떻게 할 생각입니까?"

"우리 정부는 이 일에 대하여 귀국에 평화적인 해결책을 제시했습니다."

일본대사의 말 속에 숨은 뜻을 파악한 외무부 장관은 일

본 대사를 향해 경멸이 섞인 질문을 했다.

"평화적인 해결책이라고요? 그것이 무엇인데요?

외무장관은 평화적이란 말에 더욱 노기를 나타낸다. 평화적이란 말은 외교적으로 해결할 수 없을 때엔 무력이라도 사용하겠다는 말로 들리기 때문이다.

일본대사는 차분한 목소리로 대답한다.

"독도는 양국이 서로 자국의 영토라고 주장한 지가 오래되었습니다. 그래서 우리는 이 일을 국제 재판소에서 평화적으로 해결하자고 귀국에 통보한 바 있습니다. 우리는 양국이 이 독도의 가스를 공동으로 개발하기를 요구합니다."

"독도는 엄연히 우리 영토인데 우리가 왜 우리 영토를 가지고 국제 재판소에 가야 합니까? 그리고 지금 귀하가 요구한 독도의 가스 공동 개발은 우리 정부가 허락지 않을 것입니다만 제가 일단 대통령께 말씀 드려 보겠습니다."

"그렇다면 좋은 소식이 있기를 기대하겠습니다."

몇 시간 뒤 외무장관은 대통령을 만나 일본 대사의 말을 전한다. 이 말을 전해들은 대통령은 분통을 터트렸다.

"독도는 엄연히 우리 영토인데. 우리가 우리 영토에서

자원을 캐는데 일본의 허락을 받아야 합니까? 그리고 그곳에 가스가 얼마나 있기에 이 난리란 말이요?"

"제가 이곳에 오기 전에 L석유회사에 알아보니 그곳에 있는 가스는 우리나라가 삼십 년이나 쓸 수 있는 막대한 양이 매장되어 있다고 합니다. 그것을 돈으로 환산하면 삼조 달러 이상이나 된다고 합니다."

이 말을 들은 대통령은 크게 놀란다.

"삼조 달러요?"

이내 대통령은 결정을 한 듯 단호한 표정으로 입을 열었다.

"그것은 우리 영토에서 나는 것이니 절대로 일본과 나누어 가질 수 없지요."

외무부 장관이 우려스런 보고를 꺼냈다.

"일본 대사가 대놓고 말하지는 않았지만, '우리 정부는 이 일에 대하여 평화적인 해결책을 제시했습니다.'라고 말했습니다. 이 말뜻은 만약의 경우에 무력도 배제하지 않겠다는 뜻입니다."

대통령의 안색은 분노로 창백하게 변한다.

"돈이 무섭긴 무섭구면. 감히 우리 대한민국에게 무력을 사용하겠다고? 하긴 언젠가 한번 부딪쳐야 할 일인지도 모르지……."

대통령이 두 주먹을 움켜쥐고 천천히 입을 열었다.

"아무리 그래도 양보할 수 없는 일입니다. 더욱이 독도 문제라면 우리국민이 대단히 관심이 많은 일입니다. 이곳은 우리 정부가 양보하고 싶어도 국민이 결코 용납하지 않는 곳입니다."

"저…, 그것은 일본 정부도 마찬가지입니다. 아마 일본 정부도 그 가스를 양보하고 싶어도 국민이 무서워서 양보하기 어려울 것입니다. 그래서 일본은 양국이 그곳을 공동 개발하자고 제안하고 있습니다."

대통령은 머리를 흔든다.

"그것은 절대로 받아들일 수 없는 일입니다. 우리 영토에 있는 우리 자원을 가지고 일본과 타협을 하다니요?"

한 발을 뒤로 물러선 사람은 다음에도 뒤로 물러서기가 쉽게 되는 것이다.

비록 어려움이 있더라고 꿋꿋하게 대처하고 헤쳐나가야만 불합리와 불평등으로부터 그나마 벗어날 수 있는 방법이다.

"더군다나 그렇게 막대한 자원이라면 나라의 위상과 우리 국민의 생활 형편이 크게 피게 될 것입니다. 만약 이것을 우리가 양보한다면 국민은 우리를 용서하지 않을 것입니다. 그리고 나는 우리 국민 입으로 들어갈 떡을 일본과 결코 나누어 먹지 않을 것입니다."

대통령의 단호한 말에 오히려 외무장관이 당황하여 말한다.

"만약 일본이 무력을 동원한다면 어떻게 하시려고요?"

"그들은 함부로 무력을 사용하지 못할 것입니다. 기껏해야 해상자위대를 보내어 시위를 하겠지요. 그땐 우리도 강력하게 대응할 것입니다."

며칠 후 한국 외무부 장관은 일본 대사를 불러 말했다.

"우리 정부는 귀국의 제안을 받아들일 수 없다고 했습니다."

일본대사는 매우 실망한 표정으로 대답한다.

"이것은 양측 정부의 정치적 상황을 고려해서 제안한 것입니다. 그런데 귀국에서 이처럼 일방적으로 나온다면 우리 국민은 매우 분노할 것입니다."

외무부 장관은 시종일관 무표정을 유지했다.

대통령의 뜻이 단호했고 자신이 생각하기에도 일본의 억지를 받아들일 이유가 전혀 없었기 때문이었다.

"이것은 내 사견입니다만, 귀국은 독도 문제를 더 이상 거론하지 않는 것이 양국에 이익이 될 것입니다."

일본 대사는 머리를 흔든다.

"이것은 우리 정부가 침묵을 하고 싶어도 그럴 수 없는 사안입니다. 귀국은 이 문제를 너무 쉽게 생각하는 것 같

습니다."

외무부 장관은 딱 잘라 선을 그었다.

"매우 유감스러운 일입니다만 우리 정부로서는 달리 좋은 방안이 없습니다."

일본 대사는 매달리기 시작했다.

"독도 개발에 대한 지분은 서로 의논할 수도 있지 않습니까?"

"우리 정부는 독도에 대하여 귀국과 어떤 타협도 원치 않습니다."

일본대사가 탄식을 하고 물러나자 외무부 장관도 가만히 한숨을 내쉰다.

다음 날, 일본 외무성 장관이 총리를 만난다.

"한국 측이 우리가 제안한 독도 가스 공동개발을 거절했습니다."

총리는 어두운 표정으로 머리를 끄덕인다.

다음 날 총리는 안전보장회의를 열었다.

총리가 모인 사람들의 돌아보고선 말한다.

"한국이 독도의 가스를 독자개발을 하고 있는데 우리 정부는 이것에 대하여 부당함을 한국정부에 말하였고, 그 대신 독도 가스를 양국이 공동개발 하기를 촉구하였습니다."

사안아 사안이니만큼 회의에 참석한 사람들의 표정은 무두 굳어 있었다.

"그러나 한국은 일언지하에 거절했습니다. 여러분도 아시다시피 이 문제로 국민들이 분노하고 있습니다. 이제 우리 정부는 국민들에게 이에 대하여 무엇이라고 말을 해야 합니다."

경제 산업성 장관이 입을 연다.

"독도에 묻힌 가스는 자그마치 지금 돈으로 삼조 달러나됩니다. 그런데 이런 막대한 자원을 한국이 일방적으로 독식을 하겠다는 것은 말이 안 됩니다. 우리는 어떻게 하던 우리의 지분을 요구해야 합니다."

외무부 장관이 일어나 발언한다.

"아국은 독도를 오래전부터 우리 영토라고 주장해 왔습니다. 그런데 한국이 독도의 자원을 독식하겠다는 것은 우리를 무시하는 일입니다. 우리는 오래전부터 독도를 우리 영토라고 세계만방에 선전해 왔습니다."

또한 그와 같은 사실을 알리기 위해 비도덕적이고 비신사적인 일들도 서슴지 않고 어둠 속에서 자행해 왔었다.

"그런데 이제 와서 독도의 자원을 한국이 독식한다면, 그리고 우리가 이것을 방관한다면 세계는 우리를 어떻게 생각할 것입니까?"

"……."

"……."

"그들은 독도가 한국 영토인데 우리가 억지를 썼다고 생각할 것입니다. 가만히 있으면 우리만 이상한 나라가 되고 말 것입니다. 또 국민들에겐 무엇이라 말할 것입니까?"

이때 총무성 장관이 나서서 말한다.

"우리 국민들은 한국이 독도에서 시추한다고 할 때부터 못 마땅해 하였으며 또 시추 결과 가스가 나왔을 때부터 관심을 가지고 우리 정부의 대응을 지켜보고 있습니다. 그런데 한국이 가스를 개발하자 국민들은 분노하고 있습니다."

그 분노는 부메랑이 되어 결국은 그들에게 고스란히 되돌아올 것이다.

"그 분노라는 것이 한국에 대해서라기보다는 아무런 대응을 못하고 있는 우리 정부에 더욱 쏠리고 있습니다. 좀 늦은 감이 있지만 우리 정부는 국민에게 무엇이라고 대답할 때가 되었습니다."

외무성 장관이 다시 입을 연다.

"독도 문제는 일한 양국이 다 어려운 일입니다. 그래서 본 외무성에서는 한국의 입장을 고려하여 독도 가스를 공동 개발하자고 한 것입니다. 그런데 한국은 우리의 성의도 모르고 독도 가스를 독식하겠다고 하는 것입니다."

총리는 굳은 표정으로 여러 장관들의 의견을 가만히 듣고 있었다.

"저들이 경우를 모르고 이처럼 욕심을 낸다면 우리는 더 이상 한국 정부의 입장을 고려해 줄 필요가 없습니다. 독도가 우리 땅임을 전 세계가 알고 있는 일이니 우리는 더 이상 망설일 필요가 없습니다."

외무성 장관은 스스로 흥분한 듯, 한 발 더 앞서 나갔다.

"그리고 독도 가스는 우리 일본이 단독으로 개발해야 합니다. 또 이것이 우리가 해야 할 마땅한 일입니다."

가장 온화해야 할 외무성 장관 입에서 화약 냄새가 물씬 풍겨 나왔다.

모인 사람들 모두가 생각해 보았지만, 한국이 타협을 거절하였다면 일본이 할 수 있는 일은 양자택일밖에 없었다.

그것은 한국이 가스를 개발하는 것을 묵인해 주던가, 아니면 힘으로 해결하는 수밖에 없었다.

총리 또한 한국과 물리적인 충돌을 원치 않았으나 외교적으로 실패하자 다른 방법이 없다고 생각했다.

마침내 총리는 다소 씁쓸한 표정으로 말한다.

"여러분은 이 문제를 물리적인 힘으로 해결하기를 원하

십니까?"

이때 재무성 장관이 입을 연다.

"방법이 그것밖에 없다면 그렇게라도 해야지요. 삼조 달러나 되는 막대한 돈을 그냥 포기할 수는 없지 않습니까?"

이때 내각관방 장관이 방위성 장관을 보며 질문한다.

"장관님. 우리 해상 자위대가 한국을 징계할 수 있겠습니까?

방위성 장관이 얼른 대답한다.

"한국 해군의 전력은 우리 해상자위대에 30% 정도밖에 안 됩니다."

그러자 내각관방 장관이 다시 물었다.

"우리가 확실히 그들을 징치할 수 있습니까?"

방위성 장관은 이와 같은 일을 예상했었다는 듯 전혀 주저하지 않고 대답을 했다.

"우리 해상자위대는 확실하게 한국 해군을 끝내버릴 수 있습니다."

이 말을 들은 총리가 한마디한다.

내버려 두었다간 자칫 일이 그가 원하지 않는 방향으로 확대될 것만 같았기 때문이다.

"끝내 버리라는 것이 아니고 따끔하게 교훈만 주라는 것이요."

"알겠습니다. 명령만 해주시면 딱 한 대만 쥐어박겠

습니다."

이 말을 들은 여러 장관들이 껄껄 웃었다.

지금까지 숨이 막힐 듯 긴장되어 있던 회의실은 순식간에 긴장이 풀렸다. 회의가 끝나자 총리는 방위성 장관을 불러 말한다.

"가급적이면 무력을 사용하지 않을 것입니다. 그러나 무력을 사용할 경우 세계의 눈이 있으니 너무 심하게는 하지 마십시오."

"알겠습니다."

그러면서 방위성 장관이 곤란한 듯한 표정으로 다시 입을 열었다.

"그러나 우리만 무력을 가지고 있는 것은 아닙니다. 일단 해전이 벌어지면 상대방을 봐준다는 것은 자살 행위입니다."

총리가 답답한 듯 한숨을 내쉬었다.

방위성 장관의 꽉 막힌 사고방식에 절로 한숨이 새나왔던 것이다.

"내 이야긴 그런 이야기가 아니고, 한국 군함이 우리 공격을 받아 반파되면 끝까지 추격하여 격침시키지 말라는 것이오. 또 그들이 교전 중 어려움을 느끼고 스스로 물러가면 쫓아가 격침시키지 말라는 것이오."

잠시 총리의 말을 헤아리던 방위성 장관이 잠시 후 그제

야 알겠다는 듯 굳은 자세로 대답을 했다.

"알겠습니다. 그 정도라면 봐줄 수 있습니다."

파국으로의 치달음

2019년 5월 17일.

일본대사는 한국 외무부 장관을 찾아왔다.

외무장관이 일본 대사를 보니 그는 매우 긴장한 모습이었다. 그는 장관을 보자 매우 격정에 휩싸인 얼굴로 말한다.

"매우 유감스러운 말씀을 드리지 않을 수 없습니다. 우리 일본은 지금 한국이 독도 근방에서 진행하고 있는 가스 채굴 시설을 모두 철수하기를 강력히 요구하는 바입니다. 삼 일 안에 철수를 하지 않으면 그 이후 일어나는 모든 불상사는 오직 한국의 책임입니다."

외무부 장관은 놀라서 되물었다.

"철수하지 않으면 어떻게 하겠다는 것이요?"

"아국에서는 그 모든 시설을 파괴할 것입니다."

외무부 장관은 너무 분한 나머지 자리를 박차고 일어섰다. 그 기세에 일본 대사가 찔끔했다.

"지금 내게 최후통첩을 하는 것입니까?"

일본대사는 긴장된 표정으로 머리를 끄덕인다. 그러더니 다시 입을 연다.

"이것은 내 사견입니다만, 귀국은 아국과 협상 테이블에 마주 앉는 것이 최악의 사태를 피할 수 있는 유일한 길입니다. 그러니 더 늦기 전에 양국의 화기(和氣)를 상하지 않게 하는 것이 이로울 것입니다."

이 말을 들은 외무장관은 매우 침통한 표정으로 말ㄹ했다.

"결국 일본은 독도 문제를 힘으로 해결하겠다는 것이군요. 아국에게 이런 통첩을 하다니 매우 유감스러운 일입니다."

외무장관은 즉시 청와대로 들어가 대통령을 만난다.

그는 대통령을 보자 서둘러 말한다.

"일본에서 최후통첩을 해왔습니다."

"최후통첩이라니요?"

"그들은 우리가 독도 근해에서 하고 있는 가스채굴 시설을 3일 안에 모두 철수하라고 했습니다. 만약 불응할 시에는 그 시설을 파괴하겠다고 통고해 왔습니다."

이 말을 듣는 순간 대통령 얼굴에는 노기가 떠오른다.

"뭐야? 감히 우리 대한민국을 힘으로 밀어붙이겠다는 배짱 아닙니까?"

외무부 장관은 침울한 표정으로 대답한다.

"예. 그렇습니다. 그들은 독도 문제를 힘으로 해결할 생각입니다. 일본대사는 우리가 협상에 응하기를 충고했습니다."

흥분한 대통령의 두 손이 파르르 떨렸다.

"협상? 아니! 지금 일본은 우리에게 포함 외교를 하겠다는 것 아닙니까?"

"예. 그렇습니다. 그들이 이렇게 하는 것은 나중에 명분을 내세우려는 책략 같았습니다."

과연 섬나라 변태들다운 생각이었다.

"그럼 일본은 평화적으로 해결하려 하였는데, 한국이 거절해서 무력을 사용했다. 이런 명분 말입니까?"

이 말을 듣고 외무장관은 씁쓸한 미소를 지으며 머리를 끄덕인다.

그러자 대통령은 매우 격한 어조로 말한다.

"허허, 참! 크게도 봐주는구먼. 그러나 그렇게는 안 되지. 나는 협박은 딱 질색이란 말이야."

끝까지 굽히지 않는 대통령의 모습이 불안했다.

외무부 장관이 생각하기에 어떻게든 무력 충돌만큼은 피해야 했다. 아직 대한민국의 군사력은 일본을 따라잡기가 요원하기 때문이었다.

그런 두 나라가 무력 충돌을 하면 결과가 어떻게 되겠는가?

실리도 잃고 체면까지 잃게 될 수도 있는 것이다. 한번 내려간 국격을 다시 끌어올리기란 결코 쉬운 일이 아니다.

"저… 대통령님, 일본은 참말로 무력을 사용할지도 모릅니다."

"그럼 해볼 테면 해보자고 그래야지. 여기서 우리가 뒷걸음치면 우리는 세계적인 웃음거리가 되고 말 것이요. 아니 우리가 동네북입니까? 이놈 저놈이 다 와서 두들기겠다니!"

대통령이 열통을 터트리자 외무장관은 은근히 걱정이 되었다.

대통령이 너무 열 받아서 이성을 상실한 게 아닌가 하고 그는 생각했다. 아무리 화가 나도 일본과 무력 충돌만은 절대로 해서 안 된다는 것이 외무장관의 생각이었다.

싸움도 상대가 되어야 할 것이 아닌가?

외무장관의 상식으로는 일본과의 해전에서 한국은 전혀 가망이 없다. 이 일은 아무리 열 받아도 외교적으로 해결해야 된다는 것이 그의 생각이다.

그러나 대통령이 화를 내고 있으니 차마 입을 열지 못하고 기다리고 있었다.

화가 잔뜩 나서 뒷짐을 지고 왔다 갔다 하던 대통령이 비서를 보고 명령한다.

"국방부 장관을 당장 들어오라고 하시요."

대통령은 명령을 하고서는 다시 왔다 갔다 한다.

아마 부글부글 끓어오르는 분노를 삭이고 있는 것일 게다. 현 대통령은 역대 대통령에 비하여 자존심이 유별난 분이었다.

거기에다 성격이 불같고 호승지심이 유난한 분이었다. 그래서 외무장관은 매우 걱정이 되었다.

"저… 대통령님. 협상을 해보는 것이 어떻겠습니까? 우리가 조금 양보하면 일본도 양보할 것입니다. 그들도 정치적으로 많은 어려움을 겪고 있습니다."

그러자 대통령은 퉁명하게 대답한다.

"우리에겐 독도를 놓고 타협할 명분이 없습니다. 국민들은 독도를 우리 땅이라고 생각하는데 어떻게 정부가 양보할 수 있습니까?"

외무부 장관은 독도 문제를 단호하게 대처하는 대통령에

게 혹시 무슨 뒤 배경이 있는 것은 아닌가 라는 생각이 들었다.

"그리고 우리가 조금만 양보해도 훗날 일본은 독도에 자기들의 지분이 있다고 주장할 것입니다. 그리고 무엇보다 국민이 용납하지 않을 것입니다. 나 또한 우리 것을 일본에 양보하는 것을 절대로 용납할 수가 없습니다."

외무장관은 대통령이 아까보다는 화가 많이 누그러졌다고 생각했다.

그래서 조금만 더 기다리면 이성을 되찾을 것이라 생각했다. 그는 대통령이 냉정을 되찾기를 기다렸다.

지금 대통령은 국방부 장관을 기다리고 있는 것이다. 외무부 장관은 조용히 대통령께 권한다.

"차라도 한잔 하시면서 기다리시지요?"

대통령은 그때서야 외무부 장관을 쳐다보더니 먼저 자리에 앉으며 말한다.

"그럽시다. 내가 좀 흥분한 모양입니다."

곧 녹차가 나왔으나 대통령은 의자에 기대앉아 두 눈을 꼭 감고 있었다. 외무부 장관은 그런 대통령에 모습을 보며 차를 천천히 마시고 있었다.

시간이 조금 흐르니 국방부 장관이 들어온다. 그가 들어오자 비서가 대통령께 말한다.

"국방부 장관께서 오셨습니다."

그러자 대통령은 눈을 뜨고선 국방부 장관에게 말한다.

"우선 앉으시지요."

국방부 장관은 앉으면서 대통령의 안색을 살핀다. 대통령은 아직도 열기가 넘치는 음성으로 말한다.

"일본이 독도 문제로 우리에게 무력을 사용하겠다고 협박을 했습니다. 자, 이제 우리 군은 어떻게 대응하실 생각이십니까?"

이 말을 들은 국방부 장관은 어리둥절한 표정이다.

곧 그의 표정엔 당황한 표정이 역력했다. 외무부 장관이 보니 국방부 장관은 대통령의 말을 아직 이해하지 못하는 것 같았다.

그래서 외무장관이 부언하여 설명한다.

"일본이 우리 독도 근해에서 가스채굴 시설을 하는 것을 철수하라고 했습니다. 만약 3일 안에 철수하지 않으면 파괴하겠다고 경고를 했습니다. 일본은 독도 문제를 무력으로 해결하겠다고 우리에게 통보한 것입니다."

잠시 후 국방부 장관은 한기가 느껴지는 차가운 목소리로 대답한다.

"건방진 놈의 자식들! 감히 어따 대고 협박질이야?"

대통령을 면전에 두고 다소 무례한 말이었으나 그럼에도 대통령은 보일 듯 말 듯한 묘한 미소를 보이다가 지웠다.

국방부 장관은 대통령 얼굴을 보며 다시 말했다.

"독도 문제는 어차피 양국이 살풀이를 한번해야만 끝날 일입니다. 마침 잘되었습니다. 저들이 먼저 무력을 사용하겠다고 통보해 왔으니 우리는 아무런 부담도 없이 이에 응하면 됩니다."

이 말을 들은 외무장관은 잠시 어리둥절하였다.

곧 국방부 장관의 말을 이해한 외무부 장관은 펄쩍 뛴다.

"장관님 왜 이러십니까? 정말 일본과 싸우기라도 할 생각입니까?"

"아니! 언제 내가 싸우자고 했습니까? 일본 놈들이 먼저 싸우자고 했지요?"

외무부 장관은 국방부 장관과 대통령을 번갈아 가면서 바라봤다.

두 사람의 말과 행동을 도저히 이해할 수 없었던 것이다.

도대체 일본을 앞에 놓고 저 끝 모를 자신감의 원인은 도대체 무엇이란 말인가?

"일본이 무력을 사용하겠다고 해서 우리도 무력을 사용하실 생각입니까?"

황당해하는 외무부 장관의 태도에 무관한 듯 국방부 장관은 당연하다는 듯 대답을 했다.

"그럼 상대가 싸우자고 하는데 우린 도망칩니까? 그럼 독도는 어떻게 되는데요. 그리고 땅속에 있는 그 많은 자원들을 놈들에게 그냥 준다는 말입니까?"

외무부 장관이 답답한 듯 한숨을 내쉬면서 말을 꺼냈다.

국민들의 생명을 담보로… 아니, 군인들의 생명을 담보로 그런 무책임한 일을 저지를 수 없다는 것이 외무부 장관의 생각이었다.

"아무리 억울해도 그렇지, 이길 수 없는 싸움을 어떻게 합니까?"

이 말을 듣자 이번엔 국방부 장관이 펄쩍 뛰었다.

"이길 수 없다니요? 우리가 왜 놈들을 이길 수 없습니까?"

외무부 장관은 갑갑하다 못해 짜증이 났다.

"아무리 화가 난다 하여도 국방부 장관이라면 양측의 힘을 비교 하신 후에 말씀을 하셔야지요. 내가 알기로는 일본엔 대공 방어무기를 탑재한 군함이 64척이나 되는데, 우리는 겨우 14척이라고 들었습니다."

국방부 장관은 아무런 표정 변화 없이 외무부 장관의 말을 듣고만 있었다.

"그런데 우리가 그들과 싸워서 어떻게 이깁니까? 만약 우리가 일본과 해전이라도 해서 진다면 그 파급효과가 얼마나 큰지 아십니까? 우리 국민들은 정말 비탄에 빠질 것입니다. 그리고 군부는 국민들의 원망을 어떻게 감당하려고요. 또 우리나라의 국제적인 위상은 어떻게 하고요?"

외무부 장관은 절대로 무력충돌은 해서 안 된다고 강조

했다.

그러나 국방부 장관의 안색은 조금도 변화가 없었다.

이때서야 대통령이 착잡한 표정으로 입을 열었다.

"일본과 무력충돌이 일어나면 우리에게 승산이 얼마나 있습니까?"

대통령의 질문이 떨어지자 국방부 장관은 허리를 꼿꼿이 피고 대답했다.

"최악의 경우 무승부입니다. 그러나 그런 일은 결코 일어나지 않을 것입니다."

이 말을 처음 듣는 순간 외무부 장관은 자신의 귀를 의심했다. 그러나 그는 곧 다급하여 한마디했다.

"국방부 장관님. 우리가 그들과 싸워서 이길 수가 있다는 말입니까?"

'이 말은 당신 지금 제정신으로 하는 말이요?' 하는 뜻이었다.

그 말을 들은 국방부 장관은 갑자기 피씩 웃었다.

"우리 해군은 이미 세계 최강의 해군입니다. 우리가 일본을 두려워해야 할 이유가 전혀 없지요."

외무부 장관은 국방부 장관과 대통령을 번갈아 바라봤다.

그의 생각에는 아무래도 두 사람이 무엇인가 크게 잘못된 것 같았다. 그렇지 않고서야 막강한 일본 해상자위대와

맞붙어보자고 할 이유가 없기 때문이었다.

잘못하면 정신 나간 이 두 사람 때문에 대한민국이 곤욕을 치르게 될지도 모른다.

또 한편 약소국인 대통령과 국방부 장관으로서 열통이 터져서 하는 말인지도 모른다. 그런 생각으로 두 사람을 보니 문득 안쓰러운 생각이 들었다.

그는 정신 나간 국방부 장관을 힐끗 쳐다보고선 대통령께 말했다.

"제가 일본 대사를 한 번 더 만나 보는 것이 어떻겠습니까?"

그러자 대통령은 뜻밖에도 선선히 머리를 끄덕인다.

"그렇게 하십시오. 그를 보거든 일본이 무력을 동원하면 크게 후회하게 될 것이라고, 그리고 독도는 영원히 타협의 수단이 될 수 없다고 전해주시오."

매우 완곡한 표현이었지만 화약내가 물씬 풍기는 말이다.

외무장관은 기가 막혀 다시 입을 열었다.

"대통령님. 무력충돌만이 해결책은 아닙니다. 우리가 조금만 양보하면 평화적으로 해결할 수 있습니다."

이 말에 대통령은 차디찬 표정으로 퉁명스럽게 대답했다.

"우리 것을 가지고 왜 타협을 합니까? 오고 싶으면 오라고 하시오. 우리는 다시는 동네북이 되지 않을 생각이요."

외무부 장관은 다시 국방부 장관을 보며 물었다.

"장관님. 우리에게 일본 해상자위대를 막을 수단이 있습니까?"

국방부 장관은 천천히 머리를 끄덕인다. 그러더니 또 씩 웃었다.

외무부 장관은 애가 닳아 멍하니 국방부 장관을 쳐다봤다. 외무부 장관은 가슴이 막막하여 두 사람을 쳐다봤다.

'아니, 이 사람들이 도대체 무엇을 믿고 이렇게 막 나가나?'

외무무 장관은 아무리 생각해도 이해가 되지 않는 일이었다. 국방부 장관은 애끓는 외무부 장관이 안 되었는지 한마디했다.

"장관님, 우리나라는 다른 나라에 없는 아주 강력한 무기가 있습니다. 그러므로 이제 더 이상 다른 나라를 두려워하지 않아도 됩니다. 그러니 대통령님 말씀처럼 일본대사에게 강력하게 항의를 하십시오."

이 말을 들은 외무부 장관은 반발하듯 되물었다.

"아니! 그 신무기라는 것이 도대체 무엇입니까?"

"아! 그런 게 있어요. 그것은 극비라서 아직은 말씀을 못 드려요."

외무부 장관은 기가 막힌다.

그가 알기로는 어떤 신무기도 한국 해군을 일본의 해상 자위대보다도 강하게 할 수는 없었다. 그가 외무부 장관이라 해도 세상에 알려진 신무기는 대부분 알고 있었다.

그가 알기로는 한 순간에 한국 해군을 강대국 해군으로 변화시킬 무기는 없었다. 외무부 장관은 다소 짜증난 목소리로 추궁했다.

"이보시오. 국방부 장관님. 외무부 장관인 나에게까지 극비에 붙여야 한단 말입니까?"

"미안합니다. 시간이 좀 지나면 자연스럽게 아시게 될 것입니다."

외무부 장관은 갑자기 탄식하며 말했다.

"그럼 일본 대사에게 대통령님의 말씀을 그대로 전해야 합니까?"

대통령은 단호하게 다시 말했다.

"독도를 두고 일본과 타협이란 결단코 없습니다. 그들에게 하고 싶은 대로 해보라고 하십시오."

외무부 장관은 두 사람이 아직 할 이야기가 남아 있는 것 같아 먼저 일어나 나간다.

외무부 장관이 나가자 대통령이 국방부 장관을 쳐다보며 말했다.

"그 신무기에 대하여 외무부 장관에겐 말해 주어도 되지 않습니까?"

"저… 그것은 좀 곤란합니다. 그분의 말을 들으니 일본에 대하여 매우 호의적인 것 같았습니다."

대통령은 다소 놀란 표정으로 반문 했다.

"호의적이라니요? 그분은 우리나라의 외무부 장관입니다."

"저는 그분에게 더 이상 말해서 안 된다는 느낌을 받았습니다. 혹시 압니까? 일본 대사와 말하는 중에 우리 신무기에 대하여 흘리게 될지도 모르지 않습니까?"

대통령은 조용히 머리를 흔든다.

"그는 결코 그런 사람이 아닙니다."

외무부 장관은 외무부로 돌아오자 일본대사를 부른다.

일본대사가 들어오자 외무부 장관은 자리를 권했다. 일본대사가 자리에 앉자 장관은 착잡한 표정으로 입을 열었다.

"우리 정부는 독도 문제에 관하여 귀국과 타협할 의사가 없습니다. 만약 일본이 무력을 사용하려 든다면 우리는 우리 영토를 최선을 다하여 지킬 것입니다."

결국 일본으로서도 받아들이고 싶지 않은 결과가 나온 것이다.

일본 대사는 매우 언짢은 표정으로 대답했다.

"매우 불행한 결정입니다. 저는 두 나라가 협상 테이블

에 앉아 평화적으로 해결하기를 바랐습니다. 또 이 일은
반드시 그렇게 해결해야 할 일이었습니다."
 "매우 안타까운 일이지만 아국은 이 일에 대하여 매우 단
호합니다."

 오후에 일본 외무성 장관이 총리를 만났다.
 "한국은 아국의 최후통첩을 묵살했습니다."
 총리가 당황한 듯 눈을 동그랗게 뜨고 물었다.
 "묵살을 하다니요?"
 "우리와 독도를 두고 어떤 타협도 하지 않겠답니다."
 "타협을 하지 않으면 어떻게 하겠다는 것이요?"
 대사는 착잡한 심정으로 말을 꺼냈다.
 "아마 그들은 우리가 군사력을 동원하지 못할 것이라고
생각하는 모양입니다."
 일본 총리는 텁텁한 입맛을 다시며 말했다.
 "그렇다면 결국은 무력을 사용해야 하는가?"
 "한국이 협상 테이블에 앉기를 거절했으니 이제 더 이상
외교적인 방법은 없습니다."
 갑자기 총리의 얼굴이 일그러지며 비서를 불렀다.
 "방위성 장관을 당장 오라 하시오."
 일본총리는 의자에 앉더니 눈을 감고 깊은 생각에 잠긴
다.

그로서는 독도의 문제를 무력으로 해결하고 싶지 않았다. 중국이 날로 강성해지는데 중국을 견제하는 데는 반드시 한국의 도움이 필요했다.

또 한국에게 무력을 사용한다면 세계는 일본을 군국주의 부활이라고 꼬집어 뜯을 것이다.

하여간 지금 당장은 무력을 사용하는 것은 그림이 좋지 않았다. 그래서 그는 외교적으로 해결하려 하였다.

그는 한국이 조금만 양보하여도 못이기는 척하고 받아드릴 생각이 있었다.

그리고 그는 외교적으로 해결할 수 있다고 생각했다. 그런데 뜻밖에 한국은 매우 강경하게 나오고 있었다.

문득 총리는 눈을 뜨면서 중얼거린다.

"너희가 그렇게 막 나온다면 나로서도 어쩔 수 없지 않은가? 모든 결과는 자업자득이니 나를 원망치 마라."

잠시 후 방위성 장관이 들어오자 총리가 먼저 입을 열었다.

"한국은 독도를 외교적으로 해결할 의사가 없다고 했습니다. 우리로선 한국에 많이 양보했으나 한국은 우리의 마음을 알아 줄 뜻이 없는 모양입니다."

방위성 장관은 겉으로는 안타까운 표정을 지었다.

그러나 속으로는 환희의 함성이라도 지르고 싶은 심정이었다.

군인의 고유 임무가 무엇이겠는가?

군을 형성하고 있는 대부분의 인물들이 젊거나, 아니면 혁신적이고 활동적인 사람들이기 때문에 방어보다는 공격을 선호하는 경향이 많았다.

또한 가공할 공격력을 보유한 군인들은 항상 그 힘을 과시하고 싶어 하는 것이다. 그런 그들에게 모처럼 기회가 찾아왔으니, 이 기회에 그들의 힘을 확실하게 보여주어 사람들의 뇌리에 그들의 필요성을 확실하게 각인시킬 결심을 했다.

"많은 국민들이 이 일로 불만을 표하고 있습니다. 우리 정부는 이 일에 대하여 빨리 국민들에게 말해주어야 합니다."

총리가 굳은 표정으로 방위성 장관에게 명령을 내렸다.

"이제 결단의 때가 되었습니다. 독도 근해에 시설 중인 가스시설을 모두 파괴하시오. 그러나 인명 피해는 없어야 합니다."

"만약 한국 해군이 동원된다면 어떻게 합니까?"

"독도는 우리 영토임을 분명히 밝히고 물러나라고 경고하시오. 만약 불 응시엔 침몰시킨다고 하시오."

"그들이 우리 말을 들을 리가 있겠습니까?"

"그럼 본때를 보여주시오."

방위성 장관은 총리에게 보다 구체적인 명령을 원했다.

"저들의 함대를 파괴시키란 말씀입니까?"

총리는 단호한 표정으로 머리를 끄덕인다. 그러더니 갑자기 다시 입을 열었다.

"이왕 하는 김에 독도까지 깨끗이 확 쓸어버리시오."

방위성 장관이 다소 놀란 표정을 지었다.

방금 전만 하더라도 인명피해를 운운했던 총리가 아니었던가? 그런데 왜 갑자기 심경의 변화를 일으켰단 말인가?

잠시 고민하던 방위성 장관은 이내 머리를 털었다.

자신은 군인, 자신의 가치와 필요성을 증명하면 되는 것이다.

"그렇게 하면 한국의 반발이 매우 클 것입니다."

"어차피 세상은 한번 시끄러워질 것인데, 한 번에 해결해 버립시다."

"알겠습니다. 한 번에 끝내도록 하겠습니다."

무력충돌

5월 24일.

일본 해상 자위대는 공고 급 이지스함 두 척과 아타고 급 이지스함 한 척에 하타가제급 방공구축함 두 척, 타치가제 급 미사일 함 두 척, 기타 아홉 척의 구축함을 동원하였다.

모두 열여섯 척의 군함을 동원하였다.

그들은 당당하게 무리를 짓고 독도 근해로 들어선다.

그러자 독도 근해를 순시하던 한국 경비정이 나타났다.

한국 경비정은 동해 해양경찰청 소속으로 함정 이름은 삼봉호이며 오천 톤급 경비함이다.

삼봉호에서 뜬 헬기는 곧 일본 함대를 발견하고 본선인

삼봉호에 알린다. 삼봉호는 즉시 동해함대에 보고하는 한편 일본함대에 항의를 했다.

—귀함은 한국영해를 침범하였다. 즉시 물러가라.

그러나 즉시 대답이 없자 다시 무전으로 항의를 했다.

—일본군함은 한국영해를 침범하였다. 즉시 돌아가라.

두 번째 무전을 보내자 답신이 왔다.

—독도는 일본 땅이고 여기는 일본 영해다. 그러므로 대한민국 경비정은 즉시 철수하라.

삼봉호 함장은 일본 해군의 말을 이해할 수 없었다. 그는 무엇인가 잘못되었다고 생각하고 다시 무전으로 말했다.

—여기는 한국 영해다. 일본군함은 즉시 물러가라.

그러자 곧 일본 측에서 대답했다.

—독도는 일본의 영토다. 그러므로 여기는 일본 영해다. 한국 경비정은 즉시 물러가라.

한 줄기 짙은 불안감이 삼봉호 함장의 등줄기를 훑고 지나갔다.

—무슨 말인지 이해할 수 없다. 일본 군함은 즉시 이 곳을 떠나라.

일본해상자위대는 더욱 경한 발언을 했다.

—한국 경비정은 즉시 물러가라. 불응 시엔 즉각 발포하겠다.

삼봉호 함장의 두 눈이 금방이라도 불타오를 듯 일렁였다.

―이것은 국제법 위반이다. 즉시 물러가라.

삼봉호 함장은 매우 화가 났지만 일본군함을 상대하기엔 너무나 힘에 벅찼다.

그는 일본이 왜 이러는지 이해를 할 수가 없었다. 그가 알기로는 이런 일은 그전에 한 번도 없던 일이다.

독도를 경비하는 한국 경비정 보고 물러가라니?

이게 제정신을 가지고 할 수 있는 말인가?

거기에다 이제는 발포하겠다고 엄포까지 놓으니 그야말로 기가 막히고 분통이 터질 노릇이었다.

그가 이런 생각을 하며 어떻게 할 것인가를 생각하고 있는데 일본 군함에서 정말 발포를 했다.

쾅! 쾅! 쾅!

일본군함에서 쏜 127mm 포탄이 삼봉호 앞면에 와서 터지며 물기둥이 높이 솟아오른다.

"어! 이 세끼들이 정말로 쏘네? 야! 치사하다. 군함이 경비정에게 포를 쏘다니?"

함장은 투덜거리더니 말했다.

"진로를 북쪽으로 돌려라."

삼봉호로서는 무력을 행사하는 일본 군함을 대처할 방법이 없었다. 그는 분기를 삼키면서 배를 돌린다.

한편 일본 이지스함 공고에서는 레이더 담당자가 급한듯

소리치고 있었다.

"02 04쪽에서 한국함대가 나타났습니다."

일본 연합함대 사령관은 즉시 반문했다.

"모두 몇 척인가?"

"열네 척입니다."

"함명이 뭐야?"

"세종대왕, 율곡이이, 서애, 유성룡함과 광개토대왕, 양만춘, 충무공 이순신, 왕건, 강감찬, 최영, 문무대왕 등입니다."

"뭐야? 한국의 이지스함이 총출동하지 않았어. 거기에다 KDX 12가 모두 총출동한 것 아니야?"

사령관은 한편으로 어이가 없으면서도 은은한 두려움이 잠식해오자 한차례 몸을 떨었다.

"이것들이 정말 우리와 한판 붙어 보자는 거야? 아니, 가스 좀 나눠 갖자는데 정말 죽기 살기로 해보자는 거야?"

일본 연합함대 사령관은 한국 해군이 기다리기나 했다는 듯이 신형 군함을 총출동하여 나오자 다소 당황하였다.

그는 한국 해군이 모든 전력을 동원하여 자기들을 마중 나올지는 예측하지 못하였다. 레이더 담당자가 불러주는 한국군함의 이름을 들어보니 모두 최신 군함이다.

그리고 그 숫자가 모두 열네 척이라 열여섯 척인 자기들에게 별로 뒤질 것이 없었다.

그는 문득 불길한 예감이 머리를 스치고 지나간다. 그러나 그는 곧 그 불길함을 털어버린다.

그는 군함을 끌고 이곳으로 오긴 하였지만 실제로 해전이 벌어지리라곤 생각지 않았다.

그는 일본이 먼저 강력한 모션을 취하면 한국이 당연히 협상 테이블로 나올 줄 알았다. 그런데 이렇게 당당하게 자기들 앞으로 나설 줄 몰랐다.

이때 한국 군함으로부터 무전이 왔다.

─일본군함은 한국 해역에서 물러나라. 불응 시에 일어나는 모든 결과는 오직 일본 측의 책임이다.

"어! 이것들이 먼저 협박 공갈이네?"

일본 연합함대 사령관은 잠시 생각하다가 무전병에게 말했다.

"지금부터 내가 하는 말을 그대로 전하라."

─우리는 독도를 접수하려 왔다. 한국 군함은 더 이상 다가오지 마라. 불응 시에는 공격할 수도 있다.

이때 한국함대와 일본함대와의 거리는 대략 80km 정도였다.

일본군함이 먼저 독도 근방에 도착해 있어서 한국군함은 이제 독도를 향하여 가는 중이었다.

그러나 해전을 하려면 더 이상 거리를 단축시킨다면 오히려 불리할 수도 있다.

이때 일본자위대는 다소 난처한 처지에 놓이게 되었다.

그것은 일본군함은 이미 독도 근방에 도착해 있어서 한국 해군 입장에서는 일본군함이 영해를 침범한 것이다.

그러나 한국함대는 독도에서 멀리 떨어져 있어서 일본 해상자위대로서는 한국군함을 공격할 명분이 전혀 없었다.

다만 일본 측이 바라는 것은 한국 해군이 시위를 하다가 못이기는 척하고 돌아가는 것이다.

만약 그렇게 해준다면 해전은 일어나지 않을 것이다.

이때 한국 측에서 또다시 무전이 왔다.

─일본 군함은 13시 05분 안에 우리 영해에서 철수해주길 바란다. 만약 불응 시엔 영토 침해로 간주하여 발포 하겠다.

사령관은 순간 어이가 없었다.

"어! 이것들이 먼저 최후통첩을 하네!"

일본 연합함대 사령관은 기분이 착잡하였다.

기선을 한국에게 빼앗긴 기분이 들어서였다. 거기에다 한국은 독도를 침범한 일본군함을 공격할 공식적인 명분을 가지고 있었지만, 일본은 한국군함을 공격할 명분이 없었기 때문이다.

이때 일본군함들은 독도를 중심으로 빙빙 돌고 있었다.

또 한국군함은 독도 남서쪽 80km 근방에서 크게 원을

그리며 돌고 있었다.

이때 양측은 서로 상대편이 물러나기를 간절히 바라고 있었다. 일본 입장에서는 자기네 화력이 더 우세하지만, 한국에서 쏘아대는 미사일을 일일이 다 막아낸다는 보장이 없었다.

만약 한 발이라도 놓치게 되면 큰 불상사로 이어질 수 있었다.

그런데 한국은 일본함대가 가지고 있는 함대함 미사일 Rgm-84 하푼 미사일에 대하여 잘 알지만, 일본은 한국이 가지고 있는 해성에 대하여 잘 알지 못 하고 있다는 점이다.

거기에다 양쪽이 다 대공 미사일로 똑같은 스텐다드를 가지고 있었다.

그러니 한국은 스텐다드의 위력을 잘 알고 있을 것이다. 그런 한국이 먼저 일본 군함에 경고를 한 것이다.

이런 생각을 한 일본 연합함대 사령관은 또 다시 불길한 생각이 머리를 관통했다.

그로서는 정말 한국과 싸우고 싶은 생각이 없었다. 그가 이런 생각을 하다가 시간을 보니 13시가 되어간다.

한 시간 전 청와대에선 대통령이 초조한 마음으로 배회하고 있었다.

그것은 일본 군함이 독도를 침범했다는 소식을 들은 후였다. 이때 비서가 와서 말했다.

"일본 측에서 독도가 자기 영토이니 우리 경비정에게 물러가라 경고하고 경고 사격까지 했답니다."

대통령은 침통한 표정으로 이를 악물더니 말했다.

"그래서 우리 경비정은 어떻게 하고 있나?"

"일단은 울릉도 쪽으로 피하였다고 합니다."

"우리 군함은 어디에 있는가?"

"독도에서 80km 서남방에 있습니다."

잠시 생각을 하던 대통령이 단호한 표정으로 지시를 내렸다.

"함대 사령관에게 먼저 경고를 한 후, 불응 시에는 선제공격을 해도 좋다고 말하시오."

비서는 깜짝 놀라 대통령의 얼굴을 다시 한 번 쳐다봤다. 아무래도 자기가 잘못 들은 것 같아서다.

우리나라가 선제공격을 하다니!

이때 대통령이 다시 말했다.

"뭐하고 있나, 빨리 전하지 않고."

"예. 그렇게 전하겠습니다."

한국 연합함대 사령관은 시계를 보더니 물었다.

"일본 함대는 현재 어떻게 하고 있는가?"

"아직 그대로 독도 근해에 머물러 있습니다."

침중한 표정으로 이를 악물던 사령관이 다시 물었다.

"미사일 배정은 끝났는가?"

"예."

사령관이 시계를 보니 일분 전이다.

"일본 군함은 어떻게 하고 있는가?"

"아직 그대로 독도 근방에 있습니다."

한국함대 사령관 이인수 중장은 일본 연합함대 사령관 코지마와 여러 번 만난 적이 있는 사람이었다.

그와는 상당한 친분이 있는 사이인데, 이번에 불행히도 적대 관계에 놓이게 된 것이다.

그는 그와는 싸우고 싶지 않았다.

그러나 각기 섬기는 나라가 다르니 싸움을 피할 수 없게 되었다. 그는 가만히 한숨을 내쉬며 시계에서 시선을 떼면서 명령을 했다.

"공격하라."

함대 사령관의 명령이 떨어지자 14척의 군함에서 순식간에 54발의 해성이 튀어 올라 불줄기를 내뿜으며 동북쪽으로 날아간다.

일본의 3척의 이지스함에 해성 5발씩이 배정되었고, 나머지 군함에 각각 해성 3발씩 배정되었다.

군함에서 발사된 54발의 해성은 흰 연기를 내뿜으며 날아가는데, 그 모양이 참으로 장관이었다.

한국 군함에서 미사일이 발사된 지 이십 초도 안 되어 일본 레이더 담당자가 큰 소리로 외쳤다.

"한국 함대에서 미사일을 발사했습니다."

코지마 함대 사령관은 이미 각오하고 있었지만, 정작 한국 측이 미사일을 발사했다고 하자 가슴이 철렁하였다.

"즉시 응전하라."

코지마 함대사령관의 명령이 떨어지자 일본 함대에서도 일제히 불기둥이 솟아올랐다.

일본 군함에서는 모두 31발의 하픈 미사일이 발사되었다.

한국의 세척의 이지스함에 각각 3발씩과, 다른 군함엔 2발씩의 하픈 미사일을 배정한 것이다. 이때 미사일 담당자가 다시 외쳤다.

"한국이 모두 54발의 해성을 쏘았습니다."

"뭐라고? 54발이나? 즉각 대응미사일 발사하라."

사령관의 명령이 떨어지자 54발의 최신형 3세대 스텐다드 미사일이 발사되었다.

한편 한국 함대에도 레이더 담당 사관이 소리쳤다.

"적이 미사일을 발사했습니다. 모두 31발의 하픈 미사일입니다."

함대사령관 이인수는 아까부터 망설이고 있던 일이 있었다.

그것은 한국의 신형무기인 레이저포를 언제 발사해야 하느냐는 것이다. 만약 미리 발사하여 하픈을 다 처리한다면 한국이 신형 무기를 가지고 있다는 것이 탄로가 난다.

가장 적절한 방법은 한국 해군이 스텐다드를 쏘았을 때에 적의 하픈을 요격할 수 있는 그 시간대에 레이저포를 쏘는 것이다.

그러나 그렇게 해서 레이저포가 적의 하픈을 요격하지 못하였을 때엔 스텐다드를 쏘기엔 시간이 아슬아슬하다.

문제는 양국 군함이 너무 가까운 거리에 있어서였다.

지난 날에도 정기룡 함이 중국에서 쏜 미사일을 너무 가까운 곳에서 요격하려다 실패하였다.

이인수는 이문제로 고민하다가 군함의 안전이 우선이라고 생각했다. 아무리 생각해도 레이저포는 아직 실전에서 검증이 안 된 무기다.

이것을 너무 믿다간 크게 후회하게 될지도 모른다고 생각했다. 그는 이런 생각을 하자 즉시 명령을 내린다.

"레이저포를 발사하라."

지금 한국 군함은 모두 14척이다. 이중 12척만이 레이저포를 가지고 있었다.

한국군이 미리내에서 주문하여 만들어간 레이저포는 모

두 40대이다. 이중 해군이 가지게 된 것은 모두 13개다.

이중에 12대를 군함에 장착한 것이다.

사령관의 명령이 떨어지자 군함에서 일제히 태양보다도 더 밝은 백광이 번쩍거렸다. 불과 몇 초도 안 지나서 레이더 담당 사관이 외쳤다.

"적의 하픈 미사일이 모두 요격되었습니다."

"와~ 이겼다."

침묵 속에 잠겨 있던 전략통제실에선 일제히 함성이 울려퍼진다.

모든 대원들도 초조한 마음으로 곧 일어날 일에 대하여 긴장하고 있었다. 그들도 레이저포가 좋다는 것은 알고 있었지만, 실전에 얼마만 한 위력을 나타낼지에 대해선 알지 못하였다.

그런데 그 레이저포는 그들의 기대에 어긋나지 않게 탁월한 성능을 발휘했다. 이제 한국 군함은 안전하게 되었다.

다만 한국이 자랑스럽게 생각하는 해성이 얼마나한 능력을 발휘하느냐가 문제다.

모두들 너무나도 긴장하고 있었는데 레이저포가 적의 대함 하픈 미사일을 너무나도 간단하게 제거하자, 모두들 기뻐하면서도 한편으로는 허탈감을 느꼈다.

이것은 싱거워도 너무 싱거웠다.

레이저포가 발사될 때는 아무런 소리도, 충격도 느낄 수가 없었다.

레이저포 사관이 발사했습니다. 하는 말이 끝나기 무섭게 레이더 담당 사관이 적의 하푼 미사일이 모두 사라졌다고 말했다.

세상에 이처럼 싱거운 해전이 어디 있겠는가?

일본 측에서 대공 미사일 스텐다드를 발사하고는 모두 숨을 죽이며 기다리는데 레이다 사관이 당황한 듯 급하게 소리쳤다.

"우리 하푼이 모두 사라졌습니다."

"그게 무슨 소리야?"

레이더 담당 사관도 다소 곤혹스러웠다.

하푼을 발사한 지 몇 십 초도 안 되었는데 모든 하픈이 갑자기 레이더에서 사라진 것이다.

"모르겠습니다. 하픈이 모두 화면에서 사라졌습니다."

"글쎄. 그게 무슨 소리냐니까?"

레이더 사관이 더듬거리듯 입을 열었다.

"아마 모두 격추된 것 같습니다."

"아니. 하픈을 발사한 지 얼마나 되었다고 그것이 벌써 격추가 돼?"

일본 함대가 한국 함대보다 늦게 대함 미사일 하푼을 발사했다. 그러니 일본 함대가 먼저 해성을 요격해야 했다.

그런데 한국해군이 먼저 일본 미사일을 요격한 것이다.

이것은 시간적으로 도저히 불가능한 것이다. 그가 알기로는 한국이나 일본이나 대공미사일은 똑같은 스텐다드를 사용하고 있었기 때문이다.

그러나 그는 이런 생각을 할 수가 없었다. 지금 한국 해군이 쏘아 보낸 해성이 무더기로 자기들 함대를 향하여 날아오고 있었기 때문이다.

한국의 해성은 파도 위를 살짝 스치면서 맹렬한 속도로 목표를 향해 날아가고 있었다.

초조한 시간은 계속 흐르고 있었다. 이때 레이더 담당사관이 외쳤다.

"해성이 요격당하고 있습니다."

이때 바다위에서는 폭음 소리가 연이어 일어나고 있었다.

쾅! 쾅! 쾅!

하푼에는 근접신관이 있어서 해성 근방에만 가면 폭발하였다.

곧 레이더 담당사관이 또 외쳤다.

"해성 14기가 살아남았습니다."

이 말을 들은 일본 연합함대 사령관 코지마는 가슴이 철렁하였다. 이제는 거리가 너무 가까워서 중거리 대공미사

일도 쏠 수가 없었다.

그 대신 골키퍼로 있는 기관포가 불을 토하고 있었다.

타타타탕!

이때 기함 기리시마에 폭음이 들리며 선체가 크게 진동했다.

쾅!

함대사령관 코지마는 충격에 털썩 주저앉았다가 벌떡 일어나며 외쳤다.

"어딜 맞은 것이야?"

곧 사관이 외쳤다.

"브릿지에 한 발 맞았습니다. 레이더가 나갔습니다."

"다른 군함은 어떻게 되었나?"

그러나 아무도 대답하는 사람이 없었다. 모두들 선체에 큰 충격을 받는 바람에 정신이 없었다.

곧 모두들 정신을 차리자 먼저 통신사관이 외쳤다.

"함장님. 타치가제, 아사카제, 사와카제, 하타카제, 시마카제, 아사기리 함이 피격되었습니다. 그리고 공고 쵸카이 함도 피격되었습니다.

공고 쵸카이 기리시마 함은 이지스함이다. 그런데 이지스함 모두가 피격된 것이다. 이때 통신병이 또 외쳤다.

"공고함은 두 방이나 맞았답니다. 아무래도 공고함은 가망이 없답니다."

"다른 함의 피해는 어떤가?"

"아직 정확하게는 모르겠습니다만 침몰은 면한 것 같습니다."

"전 함대 진로를 02, 03으로 돌려라."

일본 연합함대 사령관은 이를 앙다물더니 뱃머리를 돌릴 것을 명령했다.

이미 일본 해군은 한국 해군에게 패한 것이다. 그는 불안하여 레이더 담당자에게 물었다.

"한국 군함에서 또 다른 공격은 없는가?"

"우리 레이더가 나가서 지금은 알 수가 없습니다."

"다른 함에 물어봐?"

곧 통신병이 대답했다.

"한국 해군의 이차 공격은 없답니다."

코지마는 등줄기가 서늘하다. 이때 한국군함이 또 공격을 하면 일본 연합함대는 전멸을 면치 못하게 된다.

그런데 시간이 지나도 한국은 더 이상 공격하지 않았다. 만약 한국 해군이 공격할 생각이 있었다면 벌써 여러 번 공격했을 것이다.

코지마는 한국 해군이 이나마 사정을 봐주니 다행이라고 생각했다. 그러나 그의 마음은 참담했다.

이때 통신 담당 사관이 소리쳤다.

"함장님. 공고가 퇴함을 시작했습니다."

이 말을 들은 코지마는 탄식을 했다. 공고는 일본이 자랑하던 이지즈함이다. 비록 제일 먼저 건조된 이지즈함이지만 이렇게 사라질 줄은 몰랐다.

그는 한국이 더 이상 공격하지 않을 것을 알자 함교로 올라간다.

함교에서 보니 군함들마다 연기가 피어오르고 있었다. 모두 한국 해군이 쏜 해성에 맞은 것이다. 그리고 저 멀리 공고가 보인다.

그가 쌍안경을 들고 살펴보니 공고는 이미 침몰 직전에 있었다. 해성 두 발을 맞고 침몰하는 것이다.

그는 함대 전체를 훑어보고 또다시 탄식했다.

평생을 해상자위대를 위하여 힘써 왔었는데, 결국 일한 해전에서 패한 책임을 지고 물러나야 할 형편이 된 것이다.

그는 이제야 좀 여유가 생겨 왜 자기들이 패하였는지에 대하여 생각하기 시작하였다. 그는 문득 자기들이 쏜 하푼이 왜 흔적도 없이 사라졌는지가 궁금하였다.

어떻게 그런 일이 일어난 것일까?

통상적으로 볼 때 하푼을 31발이나 발사했으니, 한국 해군이 스텐다드를 사용한다 해도 적어도 한 발 이상은 명중해야 했다.

그런데 한국 함대는 피해가 전혀 없지 않은가?

도대체 이것이 어떻게 된 일인가?

그리고 자기들이 쏜 하푼이 너무나 일찍 사라진 것이다. 만약 한국이 스텐다드를 사용했다면 좀 더 시간이 지나서야 하푼을 요격할 수가 있는 것이다.

그는 문득 부관을 보며 말했다.

"레이더 담당 사관에게 물어보아라. 적이 스텐다드를 쏜 흔적이 있는지?"

조금 지나서 부관이 대답했다.

"레이더 담당 사관이 그러는데 한국 해군은 스텐다드를 발사하지도 않았답니다."

"스텐다드를 발사하지도 않았다고?"

그는 속으로 중얼거렸다.

그렇다면 어떻게 한국 함대가 자기들의 하푼을 요격할 수가 있단 말인가?

그로서는 당장은 알 수가 없는 일이었다.

이날 저녁 일본 언론들은 일제히 일본 해상자위대가 한국의 선제공격으로 막대한 피해를 입었다고 발표했다.

그들은 한국의 선제공격이란 말에 초점을 맞추어 발표했다.

그들의 말대로라면 일본 해상자위대는 아무런 잘못도 없는데 한국 함대가 기습적인 공격을 해서 일본 해상 자위대

가 큰 손해를 보았다는 것이다.

그러나 이것은 엄연히 사실과 다르다.

한국 해군은 사전에 충분한 경고를 한 후 공격한 것이다. 그것도 공격 시간까지 알려줘 가면서.

이 해전은 어떤 속임수도 없는 정공법을 사용한 것이다.

그러니 일본 해상자위대로서는 할 말이 없는 것이다.

일본 언론이 떠들썩할 때 한국 언론도 독도 해전을 발표하였다. 한국 언론들은 독도 해전에서 일본 해상자위대의 공고함이 침몰하고 일부 군함이 손실을 보았다고 발표했다.

한국 측은 일본의 손실을 가능한 축소하여 발표했다.

그래도 국민들은 한국 해군이 아무런 피해 없이 일본 해상자위대를 물리 쳤다는데 큰 기쁨을 느끼고 있었다.

더군다나 일본의 이지스함인 공고가 침몰했다는데 큰 기쁨을 느꼈다.

한국의 모든 술집에서 독도 해전에 대하여 말들을 하며 기뻐했다. 그러나 일부에서는 한일 관계가 경색되어 경제에 악 영향을 미칠까 걱정도 했다.

이날 대통령은 해전이 끝나고 십 분도 안 되어 해전에 대한 결과를 들었다.

그것은 독도해전에서 한국 해군이 대승을 거두었다는 것이다. 이 보고를 들은 대통령은 크게 기뻐하였다.

"아! 그러면 그렇지. 막강한 무기를 보유하게 된 우리 해군이 패할 리가 없지."

대통령은 해군들 보다 레이저포를 더 믿고 있었다.

만약 한국 해군에게 레이저포가 없었다면 대통령은 쉽게 일본 측의 협상 요구를 거절하지 못하였을 것이다.

그러나 대통령은 레이저포를 철썩 같이 믿고 있었다.

아직 해군에게서 어떻게 이겼는지에 대하여서는 보고가 없었지만, 대통령은 레이저포 때문에 이겼을 것이라고 생각하고 있었다.

독도 해전이 있은 지 삼 일 후 코지마 사령관은 일본 총리와 마주했다.

"면목 없게 되었습니다. 우리 함대는 최선을 다하였으나 역부족이었습니다."

총리는 매우 엄한 표정으로 질타했다.

"최선을 다 하였다니? 그런데 어떻게 우리가 그처럼 패할 수 있단 말이요?"

코지마는 참담한 표정으로 대답했다.

"패장이 무슨 할 말이 있겠습니까만, 이번 해전엔 우리가 패할 수밖에 없는 숙명적인 운명이었습니다."

총리는 기가 막혔다.

"뭐요? 패할 수밖에 없는 숙명이라고? 그것이 도대체 무

엇입니까?"

"한국엔 우리가 알지 못하는 신무기가 있었습니다. 그 신무기는 우리의 대함 미사일을 무력화시켰습니다."

총리가 버럭 소리를 질렀다.

"글쎄. 그 신무기가 무엇입니까?"

"그 문제에 대하여 참모들과 토의를 해보았습니다만, 한 국 해군이 레이저 무기를 가지고 있다고 결론을 내렸습니다."

"레이저 무기라니? 그것은 미국도 이제야 간신히 실전에 배치한 무기가 아닙니까?"

비록 미국에서 실전에 배치하기는 하였지만 그 효용성은 아직 입증하지 못하고 있었다.

"그렇습니다. 우리의 결론은 한국이 미국보다 더 우수한 레이저 무기를 보유하고 있다는 것입니다. 그렇지 않고서 는 우리 해상자위대의 패전을 도저히 설명할 수가 없습니 다. 저들은 우리와 해전에서 대공 방어 무기를 하나도 발 사한 적이 없습니다."

"그렇다면 우리 해상자위대를 다시 파견해도 승산이 없 다는 것입니까?"

사령관은 딱 잘라 말했다.

"예. 그렇습니다. 전혀 승산이 없습니다."

이 말을 들은 총리가 화를 벌컥 낸다.

"여태껏 무엇을 했기에 한국 해군이 레이저 무기를 가졌다는 것을 몰랐단 말입니까? 사전에 정확한 정보만 있었어도 이 같은 망신은 당하지 않았을 것입니다. 이제 독도는 다시 거론도 할 수 없게 되었습니다."

한편 한국 청와대에서도 대통령이 함대 사령관인 이인수 사령관을 만나고 있었다.

이인수는 대통령께 경례를 하며 말했다.

"실망시켜 드리지 않아서 참으로 다행입니다."

대통령은 기쁜 기색을 전혀 숨기지 않고 말했다.

"하하. 우리 해군이 대승을 거두어 온 국민이 크게 기뻐하고 있습니다."

"저희들도 국민을 기쁘게 해줄 수 있어서 다행으로 생각합니다."

"하하, 겸손이 지나칩니다. 이제 다른 나라가 우리를 더 이상은 우습게 보지 못할 것입니다."

그러면서 대통령은 은은한 눈빛으로 이인수 사령관을 바라봤다.

"그런데 해군은 우리에게 바라는 것이 없습니까?"

이 말을 들은 이인수 사령관은 마치 기다렸다는 듯 정색을 하고 말했다.

"있습니다. 우리 해군에게 쓸 만한 군함이 너무 적습니

다. 거기에다 레이저포가 더 필요합니다. 대통령님께서 해군에 더 신경을 써주셨으면 합니다."

"하하, 좋습니다. 좋아요. 해군의 전력 증강에 더 노력을 해보도록 합시다."

이날 이후 해군은 독도 해전에 관하여 자세히 발표하였다.

또 독도 해전의 승리로 인하여 독도 문제는 해결이 된 셈이었다. 한국은 이제 마음 놓고 독도의 가스를 체굴 할 수 있게 되었다.

대한민국의 숨은 힘

6월 말이 되자 진수와 민 사장과 형진이가 마주 앉았다.

먼저 형진이가 민 사장을 보고 입을 열었다.

"이번 반기 실적이 어떻게 됩니까?"

"매출이 24조가 넘어 섰습니다. 그리고 경상 이익이 12조에 이릅니다."

형진은 만족하여 머리를 끄덕인다.

"그럼 새로 공장을 짓는 것은 어느 정도나 진행되었습니까?"

"올해 말이면 공장이 완공될 것입니다."

전지 공장이 비좁아 지금 있는 공장 옆에 있는 땅을 만 이천 평이나 더 사들였다.

그리고 그곳에다 십 층짜리 아파트형 공장을 건설 중이다.

"맞춤 형 대형전지는 주문이 어느 정도나 됩니까?"

"주문이 폭주하여 현재 공장 9개가 풀가동하고 있습니다. 지금으로서는 공장 3개의 증설이 시급합니다."

"자동차용 전지 공장도 부족하지 않습니까?"

"그렇습니다. 자동차용 전지 공장도 두 개가 더 필요 합니다."

"나는 전지가 이제는 한계에 다다른 줄 알았는데, 그래도 꾸준히 수효가 증가합니다."

민 사장이 조심스런 예측을 내놓았다.

"이제 부터는 큰 폭으로 수효가 증가하지는 않겠지만, 그래도 꾸준히 수효가 증가할 것입니다. 지금 세계 경제가 오랜 침체에서 깨어나 서서히 경제가 좋아지고 있습니다. 경제가 좋아진다면 우리 전지도 매출이 계속 늘어날 것입니다."

"그렇게만 된다면 얼마나 좋겠습니까?"

형진이가 이번에는 진수를 보며 말했다.

"투명금속 쪽은 어때?"

"우리야 물건이 없어서 못 팔지."

"며칠 후부터는 새로운 공장 열 개가 가동하지 않아?"

"그거 가동해도 여전히 물건이 모자랄 것이야?"

"그렇게나 잘 나가나?"

"그럼. 그 투명금속이 우리가 생각했던 것보다 쓸모가 아주 많아. 얼마 전에 주방기구 만드는 공장에서 난리더니, 요즈음엔 식기공장에서도 난리다. 지금 우리 투명금속이 지난날의 스테인리스를 대신하고 있어."

투명금속이 개발됨에 따라 사람들의 생활패턴이 달라지고 있었다.

"수저, 젓가락, 포크, 나이프, 티스푼, 그릇, 컵 등을 모두 투명금속으로 바꾸고 있어. 컵 같은 것은 크리스털보다 투명도가 더 좋고 깨지지도 않아서 주부들이 더 좋아 한다더군. 하여간 우리가 생각하지 못한 분야에서 많이 주문을 해가고 있어."

형진의 표정이 흐뭇해졌다. 그럴수록 자신의 목표가 가까워지고 있기 때문이었다.

"난 무조건 우리 상품이 많이 팔리면 좋아. 그런데 반기 실적은 어떻게 돼?"

"매출 65조에 경상이익이 30조가 넘어. 이 정도면 벌써 전지를 훨씬 앞지르고 있지. 그리고 네 소원이던 우리나라에서 매출이 제일 많은 회사가 될 것이다."

"암! 그렇게 돼야지. 그런데 우리 회사 직원이 얼마나 되나?"

진수가 뚱한 표정으로 형진을 바라봤다.

"갑자기 그것은 왜 물어?"

"기업가가 돈만 많이 벌면 되나? 일자리를 많이 만들어야지."

피식 웃은 진수가 대답을 했다.

"지금 모두 육만 정도가 된다. 이만하면 만족한가?"

"아니, 겨우 육만밖에 안 되냐? 그래도 십만 이상은 되어야지?"

"원, 욕심은! 도대체 그 욕심을 어떻게 다 채우냐?"

"하하, 나더러 욕심이 많다고? 그것이 다 우리 민족을 위한 열렬한 애국심 때문이 아니냐?"

진수가 기도 안 찬다는 표정으로 비웃듯 대답을 했다.

"애국심이라고? 네 돈을 돈 버는 것도 애국심이야?"

형진은 당연하다는 듯 대답을 했다.

"그거야 말로 진짜 애국심이지. 돈이 없고서야 국민들이 어떻게 부유해지는가? 또 국민이 부유해져야 나라도 부강해지지."

진수가 보기엔 가끔 뜬구름을 잡는 듯한 형진이었다. 진수는 거기에 휘말려 들지 않으려고 고개를 힘 있게 저었다.

"알았어. 그러니 너 돈 많이 벌어라."

"짜식, 꼭 남의 말하듯 하네. 돈 벌면 나만 버는 것이야?

너도 같이 버는 거 아니야?"

"아니! 돈도 어느 정도껏 벌어야지. 사람이 살아가는데 그렇게 큰돈이 필요한 것도 아니지 않아?"

형진이 다소 차가운 시선으로 진수를 바라봤다.

"그렇게 생각한다면 네 돈은 모두 사회사업에 써버려. 그렇게 되면 우리 회사도 유명세를 타게 될 거야."

"뭐? 내 돈을 다 기부하라고? 그러면 네 돈은 어떻게 하고?"

"나는 돈이 더 필요해. 그래서 당장은 기부할 수가 없다. 넌 돈이 필요 없다고 하지 않았어?"

"뭐라고? 그만두자. 너하고 무슨 말을 하니?"

형진은 갑자기 정색을 하더니 물었다.

"7월 달부터 새로 공장을 짓기로 했는데 어떻게 준비는 된 것이야?"

"이미 준비가 끝났어. 7월 1일부터 공사가 시작될 것이다."

"그러면 이왕 짓는 것, 이십 개 정도를 더 짓는 것이 어떤가?"

"지금?"

"그래."

진수가 세차게 머리를 흔들었다.

"그것은 안 돼. 이번에 착수하는 공장에도 무려 36조란

거금이 드는데 어떻게 돈을 더 투자를 하냐? 지금의 우리 형편으로선 무리야?"

"돈이야 은행에서 빌리면 되지 않아?"

"그래도 안 돼. 지금 우리 은행 빚이 20조가 넘어. 더 이상 빚을 지면 만약의 경우 우리 회사 전체가 위험할 수가 있어. 장사라는 것이 항상 잘되는 것은 아니거든. 사람은 여유를 갖고 움직여야 해. 나는 더 이상 공장을 늘리는 것은 반대야."

"그럼 내후년에는 물건이 딸릴 터인데……?"

물론 진수도 그것을 알고는 있었다.

"지금 완공된 공장이 모두 33개고, 올해 말에 10개가 더 완공돼. 그리고 다음 달부터 짓는 공장이 완공되면 공장이 모두 63개나 되는 것이야."

아직 10년이 채 안된 상황에서 이 정도면 거의 전설적인 성장을 한 것이나 마찬가지였다.

"이 정도면 어지간한 주문은 다 소화할 수 있어. 그래도 모자라면 이부제로 움직이면 되고. 그러니 앞으로는 우리 좀 더 여유를 갖고 일하자고."

형진은 마지못해 입맛을 다시며 한걸음 물러선다.

"네 생각이 그렇다면 그렇게 하지."

이때 민 사장이 입을 열었다.

"독도 해전에서 우리가 이겼으니 L석유회사 오 회장은

계획대로 독도에서 가스를 뽑아 올릴 것입니다. 그럼 L석유회사는 우리나라에서 1~2위를 다투는 대기업이 될 것입니다."

"거기서 가스를 얼마나 뽑아 올릴 수 있답니까?"

"우리나라에서 쓰는 가스의 절반 정도를 충당하게 될 것이랍니다."

"그거 대단하군요. 하여간 우리나라가 석유와 가스를 어느 정도 자급자족만 할 수 있다면 나라 발전에 큰 도움이 될 것입니다. 아마 일자리도 많이 생겨나겠지요."

이때 민 사장이 또 한마디 했다.

"앞으로도 석유가 유전만 잘 개발하면 괜찮을 겁니다. 우리도 유전 개발에 뛰어들면 어떻습니까?"

잠시 생각을 해보던 형진이 눈을 빛내며 무릎을 내리쳤다.

"그거 좋지요. 나는 사업을 더 확장시킬 것이 없어 걱정을 했는데 그거 좋군요. 우리 칠 광구를 모조리 구멍을 뚫어 봅시다."

형진이 말을 들은 진수가 펄쩍 뛰었다.

"아니! 석유는 남이나 해먹게 가만 놔둬. 그거 완전 도박이야. 그 장사 아무나 하는 거 아니야. 우리는 우리 장사나 잘하면 되는 것이야. 괜히 다른 사람 잘 되는 것 배 아파할 필요 없어."

형진이가 다소 무안해서 대답했다.

"남이 장사를 잘해서 배 아픈 것이 아니야. 그냥 심심해서 한마디 한 것이야. 그런데 이제 우리도 사업을 더 확장해야 하지 않아?"

진수는 머리를 강력하게 흔든다.

"무슨 소리야? 지금 우리가 한눈 팔 때야? 투명금속은 아직 자리가 잡히려면 멀었어. 그것이라도 잘 해놓고 그 다음에 천천히 생각해도 늦지 않아."

"그래. 그럼 그렇게 하지."

민 사장이 다시 입을 열었다.

"이번에 독도 해전에서 우리가 대승을 한 것은 순전히 우리 회사에서 만든 레이저포 때문이 아닌가하는 그런 생각이 듭니다."

형진이가 머리를 끄덕이며 대답했다.

"우리 군이 겁쟁이인 줄 알았더니 선제공격을 다하고 제법 담대하던데요."

진수가 머리를 흔들며 말했다.

"우리 군이 겁쟁이가 아니고 우리 정치인이 겁쟁이인 것이야. 이번엔 대통령이 용단을 내려서 대승을 거둔 것이다."

물론 대통령이 그런 용단을 내리게 된 계기는 그들이 쥐고 있었다.

“사실 탁 까놓고 말하면 우리 회사에서 만든 레이저포 때문에 대통령도 자신감을 가진 것이고 우리 해군도 이긴 것이지. 이거 나라에서 권 박사에게 상이라도 줘야 하는 거 아니야?”

이때 민 사장이 다시 입을 열었다.

“아마 지금쯤 일본도 우리가 레이저포를 가진 것을 알고 있을 것입니다.”

“아니! 그것을 어떻게 압니까?”

“일본 사람들이라고 바보들만 모여 있겠습니까? 지금쯤 자기들이 왜 패했는지 곰곰이 되짚어보았을 것입니다. 레이저 무기 말고서야 상대편이 쏜 미사일을 완벽하게 막아낼 수 있습니까? 그러니 자연히 알게 되는 것이지요.”

형진이가 태연히 말했다.

“뭐? 세상에 비밀이 어디 있나? 이미 한 번 써 먹었으니 다른 나라도 알게 되겠지요.”

그렇잖아도 미국과 중국 등도 그 문제 때문에 첩보전을 방불케 하는 활동들을 보이고 있는 중이었다.

“지금 미국, 중국, 러시아 등 서방 국가들도 독도 해전에 대하여 면밀히 분석하고 있을 것입니다. 그러니 그 사람들이 우리에게 레이저 무기가 있다는 것을 못 알아내겠습니까? 어쩌면 미국은 인공위성으로 독도 해전을 살펴보고 있었을 지도 모릅니다.”

민 사장이 다시 입을 열었다.

"내 이야기가 바로 그것입니다. 우리에게 레이저 무기가 있다는 것을 알면 미국이 가만히 있지 않을 것입니다."

형진이 뚱한 표정으로 되물었다.

"가만히 안 있으면 제놈들이 어쩔 것입니까?"

"그야 당연히 자기들에게 팔라고 난리를 치겠지요. 그럼 우리 입장에서 거절을 하기 어려울 것입니다."

그러자 형진이가 반색을 했다.

"그거 좋은 일입니다. 우리가 미국하고 싸울 일도 없는데 팔라면 팔면 되지요. 내 생각엔 한 이삼백 대 사갔으면 좋겠는데……."

이 말을 들은 진수가 통박을 놓는다.

"레이저 무기는 우리에게 유일한 신무기인데, 그렇게 쉽게 다른 나라에 팔아서 되는 거야?"

"그야 우리도 미국에게 신무기 팔라고 해서 가져 오지 않아. 그런데 우리라고 못 판다고 할 수 있어? 사람 사는 대는 경우라는 게 있는데… 두고 봐라. 우리나라는 어쩔 수 없이 레이저 무기를 팔수밖에 없을 것이다."

보다 강한 힘을 지니고 있다면 마음대로 할 수 있겠지만, 그렇지 않기 때문에 아직은 강대국들, 특히 미국의 요구를 거절할 수 없다는 것이 형진의 판단이었다.

대신 국가가 미국에게 그 이상의 반대급부를 얻어왔으면

하는 바람이었다.

"너는 레이저 무기를 막 찍어내서 팔았으면 좋겠지? 이유 불문하고 그저 돈만 벌면 장땡이다 이거 아니야?"

"와! 친구인 자네가 나를 모르다니? 인마, 내가 정말 돈에 환장한 사람인 줄 알아? 우리나라 신무기를 막 찍어내어 내다 팔게?"

그럼에도 진수의 비아냥거림은 멈추지 않았다.

"그럼 지금까지 한 말이 무엇이야? 미국에게 한 이삼백 대 팔았으면 좋겠다면서?"

"야! 미국이야 우리 동맹국 아니냐? 그리고 우리도 미국에게 신무기를 팔라고 졸라서 사오고 있지 않아? 그러니 어차피 팔 것이라면 왕창 팔아보자는 것이지."

에둘러 말하긴 했지만 형진의 말이 맞는 말이었기 때문에 이내 진수도 형진의 말에 동조를 했다.

"그럼 다음에 미국이 레이저포를 주문하러 오면 무조건 조금은 안 만들어 판다고 그래. 아니 그렇게 하면 안 되겠다. 단위 마다 가격을 다르게 불러. 백 대 미만은 한 대에 육백억이라고 해. 그리고 백 대 이상이면 오백억이라고 하고. 그래야 미국이 많이 주문 해갈 것이 아니야?

그러자 민 사장도 끼어든다.

"지금 미국이 대륙간 탄도탄을 막으려고 안달인데, 사실 이것을 막는데 레이저 무기만 한 것이 없지요. 그러니 미국은 당연히 많이 사 갈 것입니다."

"그렇긴 합니다만 우리나라도 40개 가지고선 모자를 터인데… 더 사가지 않으려나?"

진수가 싱글싱글 웃으며 말했다.

"어떻게 해서든지 한 개라도 더 팔아먹으려고? 이왕이면 프랑스, 독일, 영국에도 팔아먹지 그래?"

형진이 빙그레 웃으면서 말했다.

"아! 사가겠다면야 나로서는 거절할 이유가 전혀 없지. 중국만 빼면 전 세계 어느 나라에도 팔 용의가 있어."

"왜 중국에겐 안 팔아?"

"걔네들은 아직 우리가 믿을 수가 없잖아. 그러니 안 팔지."

만약 중국에 레이저포를 판다면 그 총구가 결국은 대한민국을 향할지도 모르기 때문이었다.

"하하, 충신 났네. 충신이 났어. 그래, 중국만 빼고 다 팔겠다는 거야?"

"정부에서 허락만 한다면 거절할 이유가 없지."

물론 지금 입장에서는 쉽지 않은 일이 될 수도 있었지만 형진은 그다지 걱정하지 않았다.

"그렇다면 신무기를 왜 개발하는 것이야?"

"그거야 다른 나라에 팔기 위해서가 아니야?"

그러자 진수가 어이없다는 듯 형진을 째려봤다.

"뭐라고? 너는 지금 다른 나라에 신무기를 팔기 위해서 신무기를 개발한다는 것이야?"

"뭐, 꼭 그런 것은 아니지만 대게 그렇게 하는 것 아니냐?"

이때 진수가 화제를 돌린다.

"우리 연구소에 레이더를 연구한다는데 그것은 왜 하는 거야?"

그렇게 물어오는 진수의 눈초리는 예사롭지 않았다. 잘못 대답을 했다간 분명히 꼬투리를 잡고 늘어질 것이다.

"아, 그것은 권 박사가 요구해서 연구를 시작한 것이야. 레이저 무기가 아무리 뛰어나도 표적을 정확하게 맞추지 않으면 소용이 없거든. 그분 말로는 스텔스 같은 무기는 레이더에 안 잡혀 레이저포도 소용이 없다는 것이야. 그래서 레이더를 연구해야 된다기에 그렇게 하라고 했어."

"연구원은 충분히 확보했고? 아니 우리나라에 레이더를 연구할 만한 학자들이 있기는 있는 거야?"

형진이 한심스런 눈빛으로 진수를 노려봤다.

"허참. 우리나라를 어떻게 보고 하는 말이냐? 레이더를 연구할 만한 학자가 있냐니? 학자들이야 넘치도록 많지. 다만 그들이 연구할 만한 연구소가 적어서 탈이지. 우리 연구소에도 레이더만 연구하는 학자들이 삼십 명이나 돼."

"레이더 반 담당 연구원은 누구야?"

"정 박사가 책임자인데, 권 박사가 추천한 사람이야. 레이더 쪽에선 꽤 유능한 사람이라고 하던데."

"그래. 그러면 그 사람들이 지금 무엇을 연구하는 것이야?"

"뭐, 저주파 레이더와 고에너지 레이더, 사격통제 레이더 같은 걸 연구하는 모양이야. 사실 나도 잘 몰라. 내가 듣는다고 알 수 있는 것도 아니고. 하여간 스텔스를 잡는 레이더를 연구한다고 하던데. 모두 열심히 하는 것 같더라고."

진수가 갑자기 정색을 하더니 따지듯 물었다.

"그러면 연구비용이 만만치 않을 터인데… 거기에다 연구원들 월급만 해도 얼마야? 그거 너무 낭비 아니야?"

형진이가 머리를 끄덕인다.

"우리 회사 입장에서는 확실히 낭비지. 그러나 나라를 위해서 누군가 해야 하는 일 아니야?"

맞는 말이었다.

진수는 잠자코 형진의 말에 귀를 기울였다.

"레이더 연구가 우리 회사에 아무런 도움이 안 되겠지만, 나라를 위해선 꼭 필요해. 그리고 누가 이런 막대한 돈을 들여서 연구소를 운영하겠냐? 그러니 결국은 내가 할 수밖에 없지."

진수가 눈을 가늘게 뜨고 물었다.

"그럼 이해관계를 떠나서 오로지 나라를 위해서 레이더 연구를 하는 것이야."

형진이 살며시 진수의 시선을 피하는 듯했다.

"그래. 나라고 돈 버는 일만 할 수는 없잖아. 이것은 나라를 위한 일종의 봉사야. 너도 그렇게 알고 있으라고."

한참 동안 형진의 눈을 들여다보던 진수가 마침내 물러앉았다.

"그래. 눈감아주지. 그 대신 반드시 그만한 성과가 있어야 해."

"학자들이 공밥이야 먹겠어? 그들이 밤낮으로 연구하니 곧 무슨 성과가 있겠지."

미국 펜타곤에선 한일 해전에 대하여 논의가 한참 활발하였다.

미국은 원래부터 한국과 일본이 충돌하는 것을 원치 않았다. 그러나 일본이 비밀리에 군함을 동원하였고, 한국 또한 미국에 도움을 요청하지 않았었다.

그렇다 하여도 미국은 일본이 군함을 동원하는 것을 알고 있었다.

비록 그렇긴 했지만 일본이 정말 한국과 해전을 하리라곤 전혀 생각하지 못하였다.

두 나라가 독도를 놓고 오랫동안 아웅다웅하니 이번에도 서로 간 시위를 하다가 바로 끝날 줄 알았었다.

그런데 뜻밖에 한국의 선제공격으로 일본 함대가 대패하고 만 것이다.

이 해전에서 일본의 자랑스러운 이지즈함이 침몰하고 8척의 군함이 반파되었다. 그 정도로 끝난 것도 한국 해군이 일본 해군을 많이 봐주어서였다.

그렇지 않았으면 일본 군함은 전멸했을 것이다.

이 문제를 놓고 미국 합동참모 본부에서는 여러 번의 논의가 있었다. 오늘도 삼군 참모들이 모여서 격렬한 토론을 했다.

먼저 해군참모 밀러 중령이 말했다.

"한일 해전은 양쪽이 모두 우리의 대공 미사일로 무장했습니다. 그러나 대함 미사일에 있어서 두 나라는 각기 다른 미사일을 사용했습니다. 일본은 우리의 Rgm-84하푼 미사일을 사용했고, 한국은 자국 미사일인 해성을 사용했습니다."

인공위성이 다각도로 찍은 사진들이 가지런히 정리된 채 그들의 앞에 놓여 있었다.

"여기서 우리가 간과해서 안 되는 일은 한국 해군이 해성으로 일본 군함들에게 막대한 피해를 입혔다는 점입니다. 이것은 우리가 중국과의 해전에서 중국의 대함 미사일에

대하여 똑 같이 취약하다는 것입니다."

몇 사람이 묵직하게 고개를 끄덕였다.

"어쨌든 일본은 우리의 스텐다드2 미사일로 한국의 해성을 막아내지 못하였습니다. 이것은 아국에 있어서 매우 심각한 일입니다."

밀러 중령의 말이 끝나자 공군 대령이 말을 잇는다.

"일본 함대가 스텐다드로 해성을 못 막아낸 것도 큰 문제이지만, 한국이 우리의 하푼을 모조리 요격한 점도 그냥 보아 넘길 수 없는 큰 문제입니다."

그것은 한국이 이미 그들의 기술력을 뛰어넘었다는 이유였기 때문이다.

"더군다나 일본에서 들어온 정보에 의하면 한국 해군은 이번 해전에 우리의 스텐다드를 단 일기도 사용하지 않았다는 점입니다. 일본 자위대의 말에 의하면 한국이 우리가 모르는 신무기를 보유하고 있다는 것입니다."

회의에 참석한 사람들의 두뇌가 급격한 회전을 하기 시작했다.

"내가 알기로는 우리의 스텐다드는 일본이 사용한 하푼을 모조리 격추시킬 수 없다는 점입니다. 그런데 한국 해군은 별 어려움 없이 일본에서 발사한 하푼을 모조리 막아내었습니다. 이렇게 명중률이 높은 무기가 과연 무엇이냐 하는 것입니다. 우리는 먼저 여기에 대하여 논의해야 합니다."

육군 대령 밀러가 입을 열었다.

"한국의 신무기가 무엇인지 모르지만 그 무기가 확실한 대공 방어 무기임이 틀림없습니다. 그런데 일본 해상자위대에선 한국이 이번 해전에서 대공미사일을 발사한 적이 없다고 하였습니다."

잠시 말을 멈춘 밀러 중령이 좌중을 한차례 둘러봤다.

"그런 것으로 보아서는 한국이 미사일이 아닌 다른 대공 방어 무기를 사용했다고 보아야만 합니다. 이런 점에 비추어 이런 무기는 레이저 무기밖에 없다는 결론입니다. 따라서 우리는 한국에게 이 신무기를 밝혀달라고 공식적으로 요청해야 합니다."

밀러의 말이 끝나자 해군참모가 다시 입을 열었다.

"우리가 인공위성으로 양국 해전을 면밀하게 살펴보았지만, 한국 측에서 대공미사일을 발사한 흔적을 전혀 찾지 못했습니다. 그런 점으로 보아선 일본 해상자위대에서 흘러나온 말이 맞을 것입니다."

모든 정황이 상황을 그런 쪽으로 몰아가고 있었다.

"한국은 대공미사일이 아닌 다른 무기로 일본의 하푼을 모두 요격한 것입니다. 다만 이 당시 한국 군함에서 많은 섬광들이 번쩍이었습니다. 문제는 레이저 무기를 사용할 때 이런 섬광이 일어나지 않는다는 점입니다. 그래서 한국

이 사용한 신무기가 꼭 레이저 무기라고 단언할 수가 없습니다."

공군참모가 다시 뒤를 이어 말했다.

"한국이 무슨 무기를 사용했는지 모르지만 분명한 것은 아직 우리가 알지 못하는 신무기를 사용했다는 점입니다. 그러니 우리가 여기서 여러모로 추측한다 하여도 별로 알아낼 것이 없습니다. 다행이 한국과 우리는 동맹국이니 솔직하게 물어보는 것이 더 확실할 것입니다."

"우리가 한국에게 물었다 하여 한국이 과연 우리에게 솔직하게 털어놓겠습니까?"

"이미 사용한 무기인데 그것을 감출 수 있겠습니까? 또 그들이 피한다 하여도 우리가 여러 가지로 증거를 내놓고 따진다면 한국은 우리를 피할 수 없을 것입니다."

육군 대령이 다시 입을 열었다.

"이럴 것이 아니라 공식적인 채널을 통하여 한국 측에 문의하는 것이 낫습니다. 그들에게 신무기가 있다면 우리에게 감출 이유가 없습니다. 또 그들도 우리에게 구입하고 싶은 많은 무기가 있으니 피차 탁 까놓고 말하는 것이 서로에게 좋을 것입니다."

미국과의 밀약

며칠이 지나서 미국 국방성 장관은 한국을 방문했다.

그는 한국 국방부 장관을 만나자 먼저 입을 열었다.

"한국이 독도 해전에서 대승한 것을 축하합니다. 사실 우리 입장에선 독도 해전이 매우 난처한 일입니다만 이미 지난 일이니 어쩌겠습니까?"

"사실 우리도 독도 해전을 원했던 것은 아닙니다. 그러나 일본이 너무나 강경하게 나와 우리로선 어쩔 수가 없었습니다. 그럼에도 귀국의 입장을 생각해서 일본을 너무 박대는 하지 않았습니다."

국방부 장관은 미리 언질을 받은 듯 외교에서도 나름 뛰어난 면모를 보여주고 있었다.

어쩌면 자신감이 있는 사람과 없는 사람의 차이에서 비롯되는 것은 아닐까?

"우리 미국의 난처한 입장을 봐주셨다니 감사 합니다. 그런데 한국 해군이 이번 독도 해전에 신무기를 사용했더군요."

"하하, 뭐 대단한 무기는 아니고 우리는 우리의 안보를 위하여 미리 예비해 두었던 무기입니다."

국방부 장관은 이미 미국이 이 문제를 들고 나올 것을 알고 있었다. 또 국방부에서는 이 문제를 놓고 여러 번 심도 있게 토론을 한 적이 있었다.

그래서 오늘과 같은 경우를 대비해서 적절한 대책까지 마련해 놓고 있었다.

"우리 미국은 한국이 가지고 있는 그 신무기에 많은 관심이 있습니다."

"하하, 많은 관심을 가져주셔서 고맙습니다만 그 무기는 이미 귀국도 가지고 있는 것이니 관심을 접어두시지요?"

미국 장관이 의아한 표정으로 되물었다.

"우리나라가 가지고 있는 무기라고요?"

"예. 그렇습니다. 얼마 전 미국이 실전 배치를 하고 있는 레이저 무기입니다."

미국이 레이저 무기를 실전 배치했다지만, 그 레이저 무기는 부피가 너무 커서 함대에는 배치할 수가 없었다.

그 레이저 무기는 중형비행기 한 대에 배치해야 할 만한 큰 무기라서 실전에는 사용하기가 적절치 않았다.

"레이저 무기라고요?"

놀란 미국 장관에게 국방부 장관은 최대한 담담한 표정으로 대답을 했다.

"예. 그렇습니다."

"그렇다면 그 무기를 보여주실 수 있습니까?"

"하하. 그것은 좀 곤란한데요. 그 무기는 우리나라에서 일급 기밀에 속합니다. 그러니 내가 국방부 장관이라 해도 나 혼자서 결정할 일이 아닙니다."

그러자 미국 장관이 정중하게 요청을 했다.

"그렇다면 수순을 밟아서 우리가 그 무기를 볼 수 있게 해 주십시오."

"뭐, 장관님께서 원하신다면 의논해 보겠습니다."

국방부 장관은 자기 직권으로 레이저 무기를 보여줄 수도 있었지만, 그렇게 하면 미국이 너무 쉽게 생각할까봐 슬쩍 뒤로 한 발 물러 선 것이다.

국방부 장관은 이틀이나 지난 후에 미국 국방성 장관을 해군기지로 안내하여 군함에 장착된 레이저포를 보여준다.

 미국 국방성 장관이 보니 한국의 레이저포는 길이 1.5m 정도밖에 안 되는 매우 작은 것이었다.

 그가 본 미국 레이저 무기는 길이만 10m가 넘었다. 거기에 비하여 한국의 레이저 무기는 부피가 매우 작아 다루기가 매우 쉽게 생겼다.

 이 레이저포는 구청에서 소독약을 뿌리는 살충기와 비슷하게 생겼다.

 미 국방장관과 그와 함께한 장군과 장교들은 레이저무기를 자세히 살펴보고선 물었다.

 "장관님. 이 레이저 무기의 사정거리는 얼마나 됩니까?"

 국방부 장관이 자랑스러운 표정으로 대답을 했다.

 "180km 이상입니다."

 "허~ 그거 정말 대단하군요."

 "그럼 이 무기의 값은 얼마나 됩니까?"

 장관은 잠시 생각했다. 그는 이 무기가 국방부에서 삼백억에 사들였다는 것을 알고 있었다.

 그러나 미리내에선 처음엔 한 대당 오백억을 요구했었다는 것도 알고 있었다. 그는 잠시 생각하다 말했다.

 "한 대당 가격이 오백억입니다."

 "아! 생각보다는 싸지 않군요?"

 "이런 무기가 값이 쌀 리가 있겠습니까?"

이때 미국방성 장관을 수행해온 장군이 입을 열었다.

"이 무기의 위력을 볼 수 있습니까?"

"여기서요? 그것은 곤란합니다."

"아니요. 어느 곳에서도 좋습니다. 직접 눈으로 확인하고 싶습니다."

그들은 눈으로 직접 확인한 다음 무기 구매에 대해 결정을 할 심산이었다.

"그렇다면 내일 보여드릴 수 있습니다."

한국 국방부 장관은 이들을 접대하면서 자기가 꼭 미리내의 영업사원처럼 생각되어 씁쓸하게 웃었다.

다음 날, 장관은 동해안에 있는 육군 화력 시험장에서 레이저포의 위력을 시험했다.

우선 모형 비행기를 뛰어놓고 5km 떨어진 거리에서 천마로 요격하는 것이다. 이때 레이저포가 천마를 요격하여 모형 비행기를 보호하는 것이다.

장교가 실험 방법을 미 국방성 장관을 수행해온 장군과 장교들에게 설명하니 그들이 알아듣고 감탄했다.

그것은 마치 실전을 방불케 하는 시험이기 때문이다.

먼저 날개 길이가 2m 정도인 모형 비행기가 먼저 떠올라 1km 정도 떨어진 곳에 도착하자, 남쪽에서 천마가 발사되었다.

발사관을 빠져나온 천마는 마하 3.5라는 놀라운 속도로 모형 비행기를 향하여 날아간다.

이때 태양처럼 번쩍이는 섬광과 함께 레이저포가 발사되었다. 그 순간 천마는 검은 반점을 남겨놓고 사라진다.

이것을 육안으로 확인한 미국 장성들은 크게 감탄했다.

"와! 정말 대단하군요."

미 국방성 장관과 그 일행은 곧 본국으로 돌아갔다.

그리고 보름쯤 지나 미 국방성 장관과 수행원들이 다시 한국으로 왔다.

미 국방성 장관은 한국 국방부 장관을 보자 먼저 입을 열었다.

"우리는 한국의 레이저포를 구입하기를 원합니다."

"그 무기는 우리나라의 일급 기밀에 속하는 무기입니다. 우리나라는 아직 그 무기를 팔 생각이 없습니다."

옅은 미소를 지어 보인 미국 장관은 물러서지 않았다. 그런 거절쯤은 충분히 예상을 하고 있었던 것이다.

"우리는 그동안 한국이 원하는 무기를 제공했습니다. 그러므로 귀국에서도 우리의 요구에 응하는 것이 도리입니다."

국방부 장관이 다소 곤란한 표정을 지어 보였다.

"하하. 우리는 이 무기를 파는 것에 대하여 아직 논의 해

본 적이 없습니다. 귀국에서 이처럼 강경하게 요구하니 내가 대통령을 직접 만나보겠습니다."

"그렇다면 빠른 시간에 답변해주시길 바랍니다."

이날 국방부 장관은 청와대에 들어가 대통령을 만났다.

대통령은 국방부 장관을 보더니 먼저 입을 열었다.

"미 국방성 장관이 왔다 하던데, 어떻게 접대도 하지 않고 여기로 왔습니까?"

"아! 저도 그렇게 하려 하였습니다만 그 사람들 성화가 여간 해야지요."

대통령은 이미 짐작을 했지만 국방부 장관에게서 직접 듣고 싶어 했다.

"하하, 왜 그들이 장관님을 귀찮게 합니까?"

"우리에게 레이저 무기를 팔라고 합니다."

"그거야 어차피 세상에 공개하면서 각오한 일이 아닙니까?"

"그렇긴 합니다만 우리도 반대급부를 얻어야지요."

"이미 미국에게 F-22와 무인정찰기 글로벌호크를 요구하기로 했지 않았습니까?"

이미 대통령은 군 당국자들과 이 부분에 대해서 사전 조율이 있었다.

"예. 그렇게 하기로 하긴 했습니다만, 대통령님께서 정식으로 승인한 것은 아니지요."

"그럼 우리가 사전에 토의한 대로 하십시오."

다음 날 국방부 장관은 미 국방성 장관을 만났다.

"대통령께서는 미국이 우리 요구를 들어준다면, 우리도 미국의 요구를 들어줄 용의가 있다고 했습니다."

미국 장관은 대한민국이 당연히 그렇게 나올 것이라 예상을 했었다.

"귀국에서 요구하는 것이 무엇입니까?"

"우리는 미국의 스텔스기인 F-22기와 무인정찰기 글로벌호크를 원합니다. 무인 정찰기의 경우에는 전자장비 일체를 그대로 보내주시길 원합니다."

미국 장관의 이마가 찌푸려졌다.

"귀국의 요구가 너무 무리한 것이 아닙니까?"

그러자 국방부 장관은 정색을 하고 대답했다.

"솔직히 말씀드리면 F-22나 글로벌호크 같은 무기와 우리의 레이저포는 그 차원이 다릅니다. 우리 레이저포 앞에서는 어떤 미사일이나 전투기도 다 무용지물입니다."

미국 장관을 수행해온 장성 중 하나가 절로 고개를 끄덕였다. 맞는 말이었기 때문이다.

자부심 가득한 국방부 장관의 말이 이어졌다.

"사실 우리는 이 무기만 가지고 있어도 세계 어느 나라도

겁낼 필요가 없습니다. 그러나 미국과 우리는 오랜 혈맹 관계라 차마 거절하지 못하는 것입니다. 이 점을 장관께서는 알아주셨으면 합니다."

F-22나 글러벌호크는 나토 동맹국에도 제공하지 않은 무기다.

이 두 무기는 미국의 군사력을 대표하는 무기고 더불어 그들의 자존심인 것이다. 그런데 한국은 크게 인심 쓰듯 말하니, 미 국방성 장관으로서는 당장 무엇이라고 대답할 말이 없었다.

이것을 결정하려면 다시 본국에 가서 조율해야만 했다.

한국도 F-22기만 가지면 앞으로 20여 년간은 전투기 문제로 걱정을 할 필요가 없었다.

또 글로벌호크는 한국이 필요로 하는 막대한 정보를 가져다 줄 것이다. 아무리 그렇다 하여도 한국으로서는 다소 손해가 아닐 수 없었다.

이것은 분명히 공정치 못한 거래다.

그러나 한국 입장으로서는 미국의 요구를 거절할 수도 없었다.

이 정도의 교환이라면 다소 억울한 감이 있기는 하지만 참을 만하였던 것이다. 한국 국방부 장관이 이런 생각을 하고 있는데 미 국방부 장관이 대답했다.

"이 문제는 내 선에서 결정할 일이 아니니 차후에 다시 만나 상의하도록 합시다."

"그것은 그쪽이 편한 대로 하십시오."

한국은 이미 F-35 스텔스 전투기를 미국으로부터 45대
나 사 드려와 전투기를 급히 구해야 할 이유가 없었다.

다시 말해 한국으로서는 F-22나 글러벌호크가 시급하
게 필요한 것은 아니다. 그러니 이 회담에서 급한 쪽은 오
히려 미국인 것이다.

덕분에 국방부 장관은 느긋하게 기다리면 된다.

F-22는 미국의 최신예 전투기다.

이 전투기는 미국이 어느 나라에도 판적이 없는 전투기
다. 그동안 미국은 재정 적자와 세계경기 침체로 어려운
상황인데도 불구하고 F-22 스텔스기만은 타국에 판매를
한 적이 없는 전투기다.

만약 한국이 이 전투기를 구입한다면 향후 20~30년간
은 신형 전투기 문제로 골치 아파하지 않아도 된다.

이런 점에서 한국도 굳이 레이저 무기에 연연해하지 않
아도 된다.

한편 미 국방부 장관은 본국으로 돌아가자 펜타곤에서
참모들을 모아놓고 회의를 했다.

"한국이 레이저 무기를 우리에게 넘기는 대신, 우리에게

F-22기와 글러벌호크를 팔라고 합니다. 여러분은 이 문제를 어떻게 생각하십니까?"

이 말을 들은 해군 중령이 입을 열었다.

"한국에서 우리에게 신무기를 요구하는 것은 당연합니다. 지금 우리 레이저 무기는 장장 삼십 년이나 걸려서 개발한 무기입니다. 그러나 그 무기는 한국 레이저 무기와는 비교가 안 됩니다."

그런데도 불구하고 동양의 작은 나라인 대한민국에서 그런 무기를 개발했다는 것에 대해 처음에는 믿지 못하는 사람들도 있었다.

"레이저 무기는 개발하기도 어려울 뿐만 아니라, 그 위력은 실로 대단합니다. 만약 우리가 이 레이저 무기를 갖게 된다면 앞으로 다른 나라의 대륙간 탄도탄을 두려워할 필요도 없고 제공권으로 걱정할 필요도 없습니다."

잠시 말을 멈췄던 해군 중령이 진심을 담아 천천히 말을 이었다.

"우리는 한국이 다른 요구를 하거나 마음이 바뀌기 전에 시급히 이 무기를 구입해야 합니다."

육군 대령이 이어 입을 열었다.

"이 레이저포만 있으면 적의 미사일을 걱정할 필요가 없게 됩니다. 또 필요에 따라서는 적이 쏘는 대포 탄환까지 막을 수 있으니 이런 무기를 구입하는 데는 조금도 망설일 필요가 없습니다."

보다 적은 비용으로 타국의 위협으로부터 안전할 수 있으며, 더불어 그들이 지닌 힘을 더욱 배가시킬 수 있는 기회라 판단하고 있는 것이다.

"만약 이무기가 우리의 적성 국가에 들어간다면 우리에겐 큰 재앙이 아닐 수 없습니다. 그러니 한국을 잘 설득하여 이 무기가 우리 미국에 적대적인 나라에 들어가지 않도록 해야 합니다."

공군 중령이 이어서 말했다.

"만약 우리 공군이 이 레이저포를 전투기에 장착하게 된다면 그야말로 무적이 됩니다. F-22가 비록 대단한 무기이긴 하지만 레이저포와는 비교가 안 됩니다. 이런 점을 감안 한다면 우리는 어떤 대가를 치르더라도 레이저 무기를 반드시 한국으로부터 구입해야 합니다."

해군 중령이 다시 말했다.

"중국에서는 우리 항공모함을 격침시키기 위하여 장거리 지대함 미사일을 개발했습니다. 그러나 우리가 이 레이저포를 갖게 된다면 항공모함과 그 호위함을 보호하는데 아무런 어려움이 없습니다. 이런 점으로 보아 우리는 기필코 레이저 무기를 구입해야 합니다."

장교들이 연이어 일어나 말을 했다. 그들의 말은 하나같이 모두가 레이저 무기를 시급하게 구입하여야 한다는 것

이다.

 미 국방성 장관은 미국으로 돌아간 지 4일 만에 또 대한
민국에 왔다.

 국방부 장관은 미국이 왜 이렇게 빨리 서두르는지 이해
가 되지 않았다. 미국 입장에서는 장관이 아닌 다른 사람
을 보내어 천천히 협상하여도 될 일인데. 장관은 이렇게
생각하면서 미 국방성 장관을 만났다.

 "하하, 요즈음엔 자주 뵙게 됩니다."

 "하던 협상을 끝내려 왔습니다."

 "자, 우리 앉아서 이야기합시다."

 두 사람이 자리에 앉자 차가 나온다. 이때 미 국방성 장
관이 먼저 입을 열었다.

 "우리 미국은 귀국의 요구를 들어주기로 했습니다. 우리
는 귀국이 요구하는 F-22기와 글러벌호크를 제공하겠습
니다."

 국방부 장관인 잠시나마 놀란 표정을 지었다.

 결국 미국이 요구를 수락할 줄은 알았지만 이렇게 빨리
수락한 것은 분명히 의외였다.

 "미국에서 동의 한다면 아국도 레이저포를 제공하겠습
니다."

 "그런데 우리는 귀국에 또 다른 요청이 있습니다."

그러자 국방부 장관의 얼굴이 절로 찌푸러질 뻔했다. 국방부 장관은 서둘러 표정관리에 나섰다.

"그것이 무엇입니까?"

"귀국의 레이저포를 미국의 적성국에는 제공하지 말아 달라는 것입니다."

한국 국방부 장관은 미 국방성 장관의 요구에 한동안 생각하다 말했다.

"미국이 말하는 적성국이란 구체적으로 어떤 나라를 말합니까?"

"중국, 러시아, 아랍 제국들을 말하는 것입니다."

"지금으로서는 귀국 이외에 어떤 나라에게도 레이저포를 제공할 의사가 없습니다. 그리고 중국과 러시아에 우리 레이저포를 제공하는 일은 앞으로도 결코 없을 것입니다."

미 국방성 장관은 한국 국방부 장관을 똑바로 쳐다보며 다시 물었다.

"아랍 제국은 어떻게 하실 것입니까?"

"글쎄요. 거기에 대하여는 내가 대답할 성질이 아닌 것 같습니다. 또 이런 일은 아국의 자주권에 관한 문제이니 내가 대답할 수 없습니다."

"그럼 이 문제를 귀국 정부에 건의해 주시기 바랍니다."

"그렇다면 내가 대통령께 말씀드려보겠습니다."

미국 장관이 예를 갖춰 다시 말했다.

"우리 미국은 한국의 자주권을 침입하고 싶지 않습니다. 그러나 이 문제는 아국의 안보에 심대한 영양을 미치기 때문에 동맹국으로서 정중하게 요청하는 것입니다."

국방부 장관이 너그러운 미소와 함께 대답을 했다.

"우리도 이 레이저 무기로 인하여 미국이 피해를 보는 것을 원치 않습니다. 그리고 이 레이저 무기는 아국이 극비에 붙이고 있는 무기라 아직 타국에 제공할 의사는 없습니다. 미국은 우리의 혈맹이니 특별히 예외로 하는 것입니다."

"그렇게 생각해주시니 고맙습니다. 그럼 귀국은 F-22기를 얼마나 원하십니까?"

"우리는 F-22기 60대와 글러벌호크 6대를 원합니다."

"좋습니다. 우리는 레이저포 120대를 원합니다."

"미국이 원하는 대로 해드리겠습니다."

"그런데 레이저포의 가격은 어떻게 됩니까?"

"그것은 지금 내가 말씀드릴 일이 아닙니다. 장관께서 미리내에 가서 직접 협상을 해보시지요."

"알겠습니다. 그럼 그렇게 하겠습니다."

"그런데 F-22기는 우리에게 얼마에 제공해주시겠습니까?"

"대당 일억이 천만 불이면 될 것입니다."

다음 날 미국 영관급들이 미리내를 방문하였다.

형진은 이들을 정중하게 맞아들였다.

먼저 해군 중령이 말했다.

"우리는 귀사에서 레이저포를 구입하길 원합니다."

"이미 군부에서 연락이 왔습니다. 120대를 구입하실 것이라고요?"

"예. 그렇습니다. 레이저포 가격이 대당 얼마나 됩니까?"

형진은 전날 진수가 했던 충고를 받아들여 본격적인 가격 협상에 나섰다.

"120대를 주문하신다면 대당 오백억까지도 가능합니다. 그러나 이백 대 이상이라면 대당 사백오십억까지도 가능합니다."

"알겠습니다. 그럼 우선 120대로 합시다. 그럼 언제까지 생산이 가능합니까?"

"석 달 후부터 매달 40대씩 제공해드릴 수 있습니다."

이때 해군 중령이 다시 물었다.

"만약 우리가 주문을 200대로 늘린다면 가격은 어떻게 됩니까?"

"우리가 120대를 다 납품할 때까지는 언제든지 가격을

조종해줄 수 있습니다."

"좋습니다. 그럼 그렇게 알고 돌아가겠습니다."

형진은 미국 장교들이 돌아가자 혼자 중얼거린다.

"미국이 제정상태가 어렵다고 하던데 한꺼번에 120대나 주문하다니! 참으로 대단한 나라구나."

형진은 뜻밖의 행운에 즐거웠다.

현재 환율이 일불에 1040원밖에 안 된다. 그렇다면 레이 저포를 60억 달러나 팔게 된 것이다.

형진이 즐거워하고 있는 시간에 청와대에선 대통령이 국방부 장관과 만나고 있었다.

"미국과의 협상은 우리가 생각한 대로 잘 되었습니다."

"내가 들으니 레이저포 한 대 가격을 오백억이라 했다던데, 국방부 장관께서는 미리내를 위하여 거간 노릇을 잘했는데, 미리내에서 거간비를 얼마나 받았습니까?"

"하하, 거간비라니요? 미리내가 우리 군에 레이저포를 싸게 주어서 그 보답으로 거간 노릇 좀 한 것입니다."

"아무리 그래도 그렇지. 그 정도 거래를 터주었으면 레이저포 몇 개 정도는 얻어 가져야 하는 것 아닙니까?"

"아니! 오백억짜리 레이저포를 삼백억에 가져왔으면, 아직 우리 군부가 미리내에 신세를 진 것이 아닙니까?"

"하하, 그런가요. 그래 미국 측에서는 또 다른 요구가 없었고요?”

“미국은 우리가 레이저포를 제3국에 팔까봐 걱정하고
있었습니다. 그들은 우리 레이저포를 중국과 러시아, 아
랍제국에는 팔지 말라고 합니다.”

대통령이 조금 언짢은 듯 언성을 높였다.

“무기를 어느 나라에 팔던 그것은 우리 주권 문제가 아닙
니까? 미국이 꽤 간섭이 많군요.”

“대통령님. 만약 우리 레이저포가 미국의 적성국인 아랍
제국에 넘어간다면 미국은 그들에 대하여 어떤 군사작전
도 하기 어려워집니다.”

동등하게 대응할 수 있는 수단이 있다면 오히려 불리한
것은 미국이었다.

테러에 특화된 그들이 미국을 노리는 순간부터 미국은
자국민들의 안전을 보장할 수 없어지는 것이기 때문이었
다.

“사실 미국 입장에서는 이 레이저포가 대단히 껄끄러울
것입니다. 이것이 적대국에 넘어가면 미국은 상대방을 제
어할 방법이 없게 되는 것이기 때문에 말입니다.”

“그거야. 그렇지만 그래도 우리에게 이래라 저래라 하는
것은 좀 지나친 것이 아닙니까?”

“미국 입장에서는 동맹국인 우리 대한민국이 적극 협조
해주기를 간절히 바라야겠지요. 이것은 간섭이라고 생각

하기보다 미국의 간절한 소망이라고 해야 하겠지요."

"그러니까 미국은 우리가 레이저 무기를 제3국에 팔지 말라는 것 아니요?"

"예. 그렇습니다."

"사실 이 무기를 우리도 제3국에 팔 수는 없는 것 아닙니까?"

"그렇습니다. 그러나 시간이 지나면 다른 나라들이 우리에게 레이저 무기가 있다는 것을 결국은 알게 될 것입니다."

대한민국으로서는 구 부분이 염려가 되는 것이다.

"바로 그것이 문제입니다. 만약 우리와 가까운 나라들이 그 무기를 원한다면 우리 입장이 아주 난처해질 수도 있습니다."

자칫 발화된 문제는 대한민국을 향해 엉뚱한 불똥이 되어 날아올 수도 있을지 모른다.

"아무리 그래도 레이저 무기를 다른 나라에 팔 수는 없습니다."

그것 또한 원칙적인 부분에서는 맞는 말이었다.

그렇지만 세상사가 어디 원칙대로만 움직이는가?

그렇기 때문에 레이저포로 인하여 국가의 자존심을 살리고 국익을 선양하고 있지만, 다른 한편으로는 골치 아픈 문제 또한 떠안은 것이다.

이토록 모든 것에는 빛과 어둠이 공존하고 있는 것이다.

"그것은 그런데 레이저 무기를 개발한 미리내 입장은 뭐가 되는 것입니까? 나라에서 이 무기를 극비에 붙이고 있기 때문에 미리내는 이 무기를 다른 나라에 팔 수가 없지 않습니까?"

국방부 장관이 쓴웃음과 함께 대답을 했다.

"어쩔 수 없는 일이지요. 미리내는 나라를 위하여 자기들의 이익을 희생할 수밖에 없습니다."

"허허, 그래가지고서야 누가 나라를 위하여 무기를 개발하겠습니까?"

대통령의 말에 국방부 장관은 얼른 말을 돌린다.

"군 참모들은 레이저포 40문으로는 국토를 방어하기가 어렵다고 합니다. 그들은 시급히 적어도 30문 이상의 레이저포가 추가적으로 필요하다고 합니다."

"도대체 그들이 원하는 것은 정확하게 몇 대입니까?"

국방부 장관이 어두운 표정으로 답변을 했다.

"군에선 레이저포를 적어도 200문은 가져야 한다고 합니다."

"200대라고요. 그것이 돈으로 환산하면 모두 얼마나 됩니까?"

국방부 장관이 서둘러 대통령의 시선을 피하면서 대답을 했다.

"육조 원이면 됩니다."

대통령은 놀란 듯 눈을 치켜떴다.

"아니, 그렇게 많이 가져야 합니까?"

"예. 이것도 최소한입니다. 적어도 이 정도 가져야 국토를 완전하게 방어할 수 있습니다."

대통령도 군에서 터무니없는 요구를 하는 것이 아니라는 사실을 잘 알고 있었다.

"그것이 핵무기도 방어할 수 있습니까?"

"예. 그렇습니다. 200대 정도만 가지면 타국의 핵무기를 더 이상 걱정하지 않아도 됩니다."

"미국도 겨우 120대를 주문했는데, 이 조그만 나라에서 200대나 필요하단 말입니까?"

"아마 미국은 앞으로 분명히 더 주문할 것입니다."

"그럼 군에서 레이저포 30대를 더 갖도록 노력해보겠습니다."

국방부 장관은 감격한 표정으로 대통령에서 서둘러 고개를 숙였다. 대통령이 그런 결정을 내린다는 것이 여간 지난한 일이 아니라는 것을 잘 알고 있었기 때문이다.

가끔 군비 확충 문제가 불거지면 국방부 장관은 특공대를 투입해서 국회의원들을 모조리 마대 자루에 쓸어 담아 북극에, 사람이 접근할 수 없는 그런 곳에 쓰레기처럼 버리고 싶은 생각이 불쑥불쑥 들 때가 있었다.

"감사합니다."

"하하, 국방부 장관이 감사할 게 무엇입니까? 다 나라를 위해서 하는 일인데요? 그러나 저러나 그 레이저포 때문에 돈이 억수로 들어가게 생겼습니다."

국방부 장관이 의아한 표정으로 대통령을 바라보면서 물었다.

"그것은 또 왜 그렇습니까?"

대통령이 여전한 미소를 입가에 머금고 설명했다.

"그 레이저포 때문에 F-22와 글러벌호크를 사드리게 되지 않았습니까? 그 비용이 자그마치 백억 달러나 됩니다."

대통령이 탄식을 하자 국방부 장관이 위로했다.

"F-22를 우리가 보유하게 된다면 향후 이십 년 이상은 전투기로 인하여 걱정하지 않아도 됩니다. 그러니 이것은 대단한 전쟁억지력이 있습니다. 세계 각국에 많은 전투기가 있지만 향후 20년 안에 F-22를 능가할 전투기는 나오지 않을 것입니다. 그런데 우리가 이 전투기를 보유하고 있게 된다면 아무도 우리에게 함부로 시비를 걸어오지 못할 것입니다."

희망에 가득 찬 국방부 장관의 두 눈을 들여다보면서 대통령은 거기에 편승하고자 했지만, 현실은 아직도 그렇지 않았다.

"정말 그럴까요? 지금 우리는 우리 땅에 있는 석유도 마음대로 못 쓰고 있는데……."

"대통령님. 때가 되면 이어도의 석유도 반드시 우리 것이 될 것입니다."

"나는 그런 날이 꼭 오기를 간절하게 빌겠소."

오늘은 토요일이라 늦잠을 자는 날이다.

그런데 형진은 새벽에 잠이 깼다. 그는 잠이 깬 뒤에는 이부자리 속에서 뒤척이고 누워 있는 성격이 아니었다.

그는 잠이 깨자 아내가 깨지 않도록 슬며시 이부자리에서 나와 화장실에 가서 세수를 하고 거실로 내려갔다.

그런데 거기에 뜻밖에도 누나가 신문을 보며 앉아 있었다.

"누나가 새벽같이 웬일이야?"

"아, 일찍 깼어. 그런데 넌 웬일이냐?"

"나도 늙어가는 모양이야. 점점 새벽잠이 없어지는 것을 보니."

형진의 너스레에 누나가 한차례 형진을 흘겨봤다.

"네 나이가 몇 살인데 벌써부터 그런 소리를 하니? 이제 서른여섯 살밖에 안 되고선."

"하하. 우리 집 유전자가 원래 빨리 늙는 모양이지?"

"얘. 그런 억울한 소리하지 마라. 아버지는 일흔둘이신

데도 아직 정정하신데, 유전자가 잘못되었다니?"

"그냥 해본 소리야. 그런데 누나 회사는 잘되는 거야.
참, 사장이 곧 정년퇴직하는데 이번엔 누나가 사장 자리를
맡지 그래?"

누나가 살며시 입가에 미소를 지었다.

그러나 두 눈은 엄청난 의욕으로 불타오르고 있었다.

"그러지 않아도 내가 사장이 될 생각이다. 나 아니면 사
장자릴 맡을 사람이 있기나 하고?"

"알았어. 다른 사람을 사장으로 임명했다간 큰일 날 뻔
했군."

"그야 당연히 내가 사장이 되어야지."

"그런데 그 회사는 어떻게 매일 그날이 그날이야. 도무
지 발전이 없으니?"

이 말을 들은 누나가 펄쩍 뛰었다.

"그게 무슨 말이냐? 우리 회사는 매년 30% 이상 성장을
한 회사야. 작년에도 매출이 칠천억이 넘었어. 올해는 일
조가 넘을지도 몰라."

누나의 입장에서는 일조라면 엄청 큰돈이다. 그런데 형
진의 입장에선 별 볼일 없는 이야기였다. 그래서 또 한마
디를 했다.

"아니! 이제 일조가 된다니, 그게 언제 커서 제 구실을 하
지?"

"어머나! 너 제약 회사 중 매출 일조가 넘는 회사가 있는 줄 아니? 매출 일조면 엄청 큰돈이야."

이 말을 들은 형진은 또 놀려댄다.

"일조 갖고 엄청 크다면 그거 가망 없는 거 아니야? 그래도 내 회사라면 매출이 십조는 넘어야지?"

이 말을 들은 누나가 환하게 웃었다.

"내가 너하고 무슨 말을 하니. 그런데 이번에 우리 회사에서 신약을 개발해서 매출이 좀 늘어날 것이다. 제약회사에서 매출이 일조만 넘으면 세계적인 큰 회사인 것이야."

형진이 누나의 말에 관심을 드러냈다.

"그래, 무슨 약을 개발했는데?

"암 예방약이야. 그리고 치료제로서도 상당한 효과가 있어."

"암 예방약? 그런 게 돈이 되겠어?"

"이 약은 매우 탁월한 약이야. 쥐를 가지고 이미 임상실험을 했는데, 약을 먹인 쥐는 암세포를 주입했지만 단 한 마리도 암에 걸리지 않았어. 임상실험에서도 암을 치유하는 데 탁월한 효과가 있었어. 그러나 이 약은 암 치료제보다는 오히려 예방약으로서 효과가 더 뛰어나."

"그 약을 누가 개발한 것이야?"

"어떤 특정인이 개발한 것이 아니고 여러 사람이 힘을 합쳐서 개발한 것이야."

"그런데 그 약을 어떻게 만들어낸 것이야?"

"세부적인 것은 나도 잘 모르고 다만 뽕나무에서 추출한 것이라는 것만 알아. 이 약엔 각종 미네랄이 풍족하여 우리 몸을 보호하는 데도 좋은 약이야. 이 약을 일 년에 한 병만 복용한다면 암에 걸릴 염려가 없다는 것이야. 그러니 기대해볼 만한 약 아니냐?"

"일 년에 한 병이라니……?"

"한 병에 약이 백 개씩 들어 있어. 그것을 하루에 한 알씩 복용하면 되는 것이야."

"사람들이 그 약을 먹을까? 아니, 그 암 예방약이라는 것을 과연 선선히 믿어줄까?"

그러나 누나는 흔들리지 않았다. 누나의 눈빛은 확고한 자신감으로 차 있었다.

"그러니까 믿도록 해야지. 그래서 회사에서는 대대적으로 선전할 생각이야."

"사람들이 믿어 주었으면 좋겠는데… 정말 그 약이 그와 같은 효력이 있을까?"

두 남매는 남들이 잠들어 있는 시간에 일어나 일에 대한 얘기들을 주고받느라 바빠졌다.

"연구진들은 틀림없다고 장담하고 있으니 아마 믿어도 될 것이다."

"그 회사에 연구원이 몇 명이나 되는데?"

"모두 백한 명이나 돼."

서로 바쁜 시간을 보내느라 이런 시간이 아니면 서로 업무에 대해 말할 시간이 없었다.

"그 많은 사람들이 이제 겨우 그 약 하나를 만들어낸 것이야."

"아니야. 지금 연구 중인 약이 여러 가지가 있어."

"흠! 연구원들의 숫자가 무척이나 많은데."

"그거는 진수가 그렇게 한 것이야. 진수가 오기 전엔 연구원이 모두 24명밖에 없었는데. 그런데 진수가 온 후 연구원을 대폭 확대한 것이래."

"그래. 그 약은 언제부터 판매한데?"

"벌써 판매를 하고 있어. 지금 텔레비전과 신문에 연일 광고하고 있고. 그뿐 아니라 다른 나라에서도 선전을 하고 있다."

"그거 그러다가 광고비로 그동안 번 돈을 다 날리는 거 아니야."

한 차례 형진을 흘겨본 누나가 부드러운 미소와 함께 다시 입을 열었다.

"우리 회사에서는 그 약에 큰 기대를 가지고 있어."

"그런데 그 약이 팔리긴 잘 팔려."

"괜찮은 편이야. 지금 매일 일억 이상씩 팔려 나가거든.

그 약이 암치료제로서 전혀 부작용이 없는 약이거든. 그래서 치료약으로서도 많이 사용되는 모양이야."

"누나도 그 약에 큰 기대를 하고 있는 것 같은데?"

"나는 그 약이 연 삼천억 이상의 매출을 올려줄 것이라 기대하고 있어."

형진은 속으로 앓는 이 빌어먹지, 하고 있었다.

획기적인 신약을 개발했는데 일 년에 매출 삼천억 정도를 기대한다는데 그로서는 할 말이 없었다.

그러나 누나가 서운해할까봐 형진은 아무 말도 못했다.

이때 누나가 다시 입을 열었다.

"애. 너의 회사 투명금속은 잘 나가니?"

"어! 없어서 못 팔고 있어."

"와! 그거 대단하구나. 올해 투명금속의 매출이 얼마나 될 것 같아?"

형진은 갑자기 허리를 쭉 펴고 자랑스럽게 말했다.

"적어도 백오십조는 될 거야."

깜짝 놀라던 누나는 형진의 말을 믿지 못하는 눈치였다.

"어머나! 백 오십조? 애! 너 너무 허풍 떠는 거 아니야?"

"아니야. 허풍이라니. 하하, 내가 누나한테 허풍을 떨어서 무엇해?"

"야! 그럼 올해 매출이 S전자를 뛰어넘겠다."

"당연히 뛰어 넘지. 우리 회사엔 전지도 사십조가 넘

을걸."

"그럼 우리가 한국 최고의 재벌이 된 것 아니냐?"

"아마 그럴 거야."

"호호, 정말 별일이야. 어떻게 네가 한국 최고의 재벌이 될 수 있냐?"

형진은 기분이 좋아서 거드름을 피우며 대답했다.

"뭘 이제 시작인데. 삼 년 안에 매출 오백조를 반드시 돌파할 것이야."

형진의 야심찬 꿈을 들은 누나는 한 동안 벌린 입을 다물지 못했다.

"어머나! 오백조라고? 얘, 나는 매일 돈만 계산하는 데도 오백조가 얼마나 되는지 감이 안 잡힌다. 그 정도면 우리나라를 아예 통째로 먹여 살려도 되겠다."

"누나. 남자가 기업을 한다면 그 정도는 해야 되는 거 아니야?"

"얘. 너 돈 그렇게 벌어서 무엇을 할 거니?"

"뭐. 죽을 때 가져갈 것도 아닌데 이곳저곳에 펑펑 써야지."

누나는 잠시 생각하다가 말했다.

"얘. 난 아무리 생각해도 그렇게 큰돈을 쓸 데가 없을 것 같다. 그 많은 돈을 어디에다 다 쓰겠니?"

형진은 누나를 보며 환하게 웃었다.

"하하, 내가 누나처럼 명품 옷에 명품 시계에 고급 승용차에, 이런 식으로 써가지고선 물론 그 돈을 다 못 쓰지. 나는 우리 서민들을 위하여 돈을 아끼지 않고 펑펑 쓸 거야. 그런 곳에 쓰다 보면 돈 쓸 일이야 얼마든지 있지."

"호호호. 그러다 집안을 모두 거덜내겠다."

"그런 걱정은 하지 마. 아무리 그래도 나 먹고 살 거야 남겨 두어야지."

이때 누나의 외동딸인 미숙이가 나와서 엄마 옆에 기대 앉는다. 이것을 본 형진이가 다시 입을 열었다.

"미숙아, 넌 커서 무엇이 될래?"

"삼촌. 나 경영대 나와서 삼촌처럼 큰 기업가가 될 거야."

"하하, 뭐라고? 기업가가 되겠다고? 너 그전엔 가수가 되겠다고 하지 않았어?"

미숙이는 올해 초등학교 6학년에 12살이었다.

"삼촌, 그때는 어렸을 때고 지금은 아니야. 나도 커서 큰 기업가가 될 거야."

"왜 기업가가 되려고 그러는데?"

"돈 많이 벌어서 좋은 일 많이 하려고요."

"하하, 그래. 우리 미숙이가 이제 철들었네."

이때 이층에서 형진이 아내가 내려오면서 말했다.

"남매가 새벽부터 무슨 이야기를 그렇게 재미있게 해요?"

"그럼 당신도 끼어들어."

"나는 밥해야지요. 계속 말씀들 나누세요."

강화되는 국방

　며칠이 지난 어느 날 형진이가 회사에 나와 신문을 보니 사우디아라비아의 가장 큰 유전이 고갈되었다고 발표 되었다.

　이 유전에서는 하루에 이백만 배럴씩 석유를 생산 했었다고 발표했다.

　이 유전은 앞으로 십 년 이상 더 석유가 나올 것으로 기대했는데, 기대와 달리 석유가 고갈된 것이다.

　신문에는 이 유전뿐 아니라 다른 유전도 잇따라 석유가 고갈될 것이라 하였다. 이 발표가 나오자 석유 값이 배럴당 160불에서 180불로 뛰었다고 하였다.

형진은 신문을 놓고 자기 사무실 안에서 배회하기 시작하였다.

그가 알기로는 그가 사업을 하기 전부터 세계는 불경기에 시달렸다. 그 후 경기는 지금까지 별로 낳아진 적이 없었다.

그러다 올 들어 경제학자들이 세계경제가 긴 불경기 터널에서 벗어날 것이라고 했다. 그리고 실제로 경기가 조금 좋아지는 듯 했는데 또 이런 일이 벌어 졌다.

중국, 동남아, 인도 등은 날로 경제발전을 해서 석유소비량이 급격하게 늘어나고 있었다.

이미 몇 년 전부터 석유생산은 제자리걸음을 하고 있는데, 석유 소비는 계속 늘어만 가니 석유 값은 오를 수밖에 없었다.

석유 값이 배럴당 180불이라면 십 년 사이에 두 배가 된 것이다.

형진이가 생각하기에는 사우디아라비아의 석유 고갈이 세계경제의 발목을 잡을 것 같아 걱정이 되었다.

그는 어째서 자기가 기업을 경영한 이후 단 한 번도 호황이 없는가 하고 탄식했다. 형진이가 세계경제 문제로 걱정하고 있는데 진수가 들어온다.

형진은 진수를 보자 반긴다.

"어서 와. 그렇지 않아도 의논할 일이 있었는데."

진수는 소파에 가서 앉으며 말했다.

"무슨 일인데?"

"응, 권 박사님 말이야. 이번에 미국에서 레이저포 주문을 육조억 원이나 받았는데, 좀 생각해드려야 하지 않아?"

진수는 머리를 흔들며 말했다.

"투명금속을 연구한 윤 박사는 투명금속이 많이 나가도 아무것도 생각해주지 않았잖아?"

"그분과 권 박사와는 다르지. 윤 박사님은 그 당시 우리 회사의 주식을 0.5%나 드리지 않았냐. 그러나 권 박사님은 주식을 드리지 않았으니 두 분의 형편이 다르지."

"그렇다면 좀 생각해드리지."

"글쎄. 얼마나 생각해 드려야 할지 잘 모르겠어?"

"그렇다면 저번처럼 한 20억 더 드리지. 그 정도면 그분도 만족할 것이야."

"그럼 다른 연구원들은?"

"레이저포는 대부분 권 박사가 연구한 것이 아니야? 그런데 연구원까지 생각해주어야 해? 그렇다면 투명금속 연구원과 전지 연구원도 더 주어야 하지 않아?"

"글쎄. 자네 이야길 듣고 보니 또 그렇긴 한데…….."

"다른 연구원들도 있으니 형평성을 맞추어야 하지 않아? 그러니까 그냥 권 박사만 불러서 조용히 주자고."

"그럼 그 일은 그렇게 하기로 하지. 그런데 신문을 보니 사우디에서 석유가 고갈되었다는데 그일 때문에 세계경제가 또 한 번 휘청거리지 않겠어?"

"나도 아침 신문을 보면서 그런 걱정을 했어. 아무래도 좋지는 않겠지. 하여간 석유 때문에 언젠가 큰 일이 날 것이야."

석유 문제는 인류가 안고 있는 가장 큰 문제거리 중의 하나였다.

"석유소비는 날로 늘어나고 석유 채유는 오히려 줄어들고 있으니 이거 큰일 아니야? 그리고 대체에너지는 소리만 요란하고 아직까지 별 효과는 없으니 장차 큰일이다."

"아무리 끌탕을 해도 대책이 없으니 이것이 큰일이지. 빨리 석유를 대체할 수 있는 방법이 나와야 하는데……."

진수는 다시 머리를 흔든다.

"이런 문제는 우리가 걱정한다고 해결될 일이 아니야. 다행이 우리나라에서도 석유가 나오니 그나마 불행 중 다행이지."

"그건 그렇다 치고, 투명금속은 잘나가는 거야?"

진수가 한숨을 쉬며 말했다.

"너무나 잘 나가서 탈이다. 두 달 전에 공장이 완공되어

지금 우리 공장에서 하루에 팔만육천 톤의 투명금속을 생산해내고 있는데, 하루에 들어오는 주문은 십만 톤이 넘어. 이러니 내가 아주 죽을 지경이야. 서로들 자기들을 먼저 달라고 아우성을 치니 이거 하나하나 조종하기도 여간 힘든 것이 아니야. 차라리 주문이 좀 적게 들어왔으면 좋겠다."

이 말을 들은 형진이 입이 찢어진다. 이것을 보더니 진수가 역정을 낸다.

"나는 힘들어 죽겠다는데 너는 왜 웃어?"

뻔하지 않은가, 형진이 웃는 것은.

"하하, 미안해. 아무리 그래도 주문이 많이 들어오는 게 좋잖아. 내년 초에 공장 20개가 또 완공되면 좀 풀릴 것 아니냐."

"아무리 봐도 그럴 것 같지 않아서 걱정이다. 지금 전 공장이 이부제로 운영되는데 내년에 그 공장이 완공되어도 십이만육천 톤밖에 생산할 수 없어. 지금 돌아가는 형편을 보아선 그때 가서는 주문이 더 들어올 것 같다."

"좀 힘들긴 하겠지만 많이만 팔 수 있으면 서로에게 좋지."

"그래서 하는 말인데… 우리 아예 공장 사십 개를 더 짓자."

"뭐야? 사십 개를 한꺼번에 지어? 너 그 돈이 얼마인지나 알아?"

"전부 64조면 되지."

"아니! 그게 적은 돈이야. 그리고 지금 우리에게 그런 돈이 어디 있어?"

문득 형진과 진수의 입장이 바뀐 듯한 대화였다.

"어! 무대뽀 경영자가 웬일이야? 겨우 공장 사십 개 짓자는데 겁을 먹고. 너 돈을 좀 벌더니 간이 점점 줄어드는 것 같다."

"하하, 이 친구 정말 사람 잡네. 그때는 내 돈 가지고 하는 일이니 막 밀어붙였지. 그러나 지금은 돈을 빌려야 하잖아? 그리고 은행에서 이미 20조나 빌려온 것도 있고. 그런데 또 빚을 내어 공장을 짓자는데 겁이 안 나겠냐?"

"이봐. 진짜 사업가는 내 돈 가지고 사업하는 게 아니고, 남의 돈 가지고 사업을 하는 거야."

형진이 한심하다는 투로 대꾸를 했다.

"그러니까 IMF 때 다들 깨졌지. 사업이란 건물을 짓듯 땅을 다져가며 하는 것이야. 빚 더미 위에 올라앉아서 무슨 사업을 해? 나는 무 차입 경영을 하고 싶어. 그리고 앞으로 반드시 그렇게 할 것이야"

오늘은 두 사람의 역할이 완전히 바뀌었다.

본래 형진은 공격적인 경영을 주장해왔고, 진수는 방어

적인 경영을 주장해왔다. 그런데 오늘은 두 사람 역할이 바뀐 것이다.

"형진아. 빚은 무슨 빚을 진다고 그래? 올 연말 결산을 하면 적어도 팔구십조는 남을 것이야. 그 돈으로 공장을 지으면 되는 것이다."

장난스럽게 시작했던 진수의 말은 이내 진지해지기 시작했다.

"은행에서 더 이상 빚을 안 얻어도 돼. 그리고 공장 사십 개를 지으면 모두 103개밖에 안 돼. 이 공장을 정상 가동 해도 하루에 십만삼천 톤이 생산되는 것이다. 그러니 공장 을 더 지어도 괜찮아. 그리고 언제까지 공장을 이부제로 운영할 것이야?"

형진은 한동안 진수를 쳐다보더니 한마디 했다.

"어째 우리의 역할이 오늘은 바뀐 것 같다. 너는 돈을 벌 면 벌수록 점점 간땡이가 부어터지는 것 같아. 사업을 이 렇게 막 확장하는 데도 겁이 안 나니?"

"무슨 소리야? 쇠는 달구어졌을 때 두들기라고 했어. 기 회란 항상 있는 것이 아니야. 기회가 왔을 때 꽉 잡는 것이 다. 사람들이 사업에 왜 실패를 하는데? 그것은 기회를 잘 활용하지 못해서 그런 것이야."

"그래서 뭐야? 결론적으로 공장을 꼭 지어야 하겠다는 것이야?"

"그래. 꼭 지어야만 해."

형진은 진수가 강하게 밀고 나오자 슬며시 뒤로 물러선다.

"뭐, 네 생각이 그렇다면 그렇게 해."

"그러지 않아도 설계부에 공장을 설계하라고 이미 명령을 했어."

"야! 어떻게 된 것이 힘들어 죽겠다는 놈이 일을 점점 더 크게 벌이냐?"

"모든 것은 다 때가 있는 것이다. 지금은 우리의 사업을 마음껏 확장할 때야. 그러니 군소리 말아라. 아무리 힘들어도 해야 할 일은 반드시 해야 한다."

"알았다. 그래 실컷 해봐라."

청와대에서 대통령과 국방부 장관이 마주 앉았다.

대통령이 국방부 장관을 보고 물었다.

"우리가 독도 해전에서 일본에게 이긴 것은 좋으나 이일로 인하여 세계의 이목을 끌고 있습니다. 그리고 중국과 북한이 점점 더 밀접한 관계를 유지하고 있습니다. 항간엔 저러다가 중국이 북한을 흡수 합병하는 것이 아니냐는 말까지 나돌고 있습니다."

단 한 번의 무력시위로 인해 대한민국은 돌풍의 핵으로 떠오르게 되었다.

미국과의 무기 수입, 수출도 곧 중국과 일본 등에 알려지게 되었다. 그렇기 때문에 지금 한반도의 주변 정세는 한 치 앞을 모를 정도로 혼미함 속으로 빠져 들어가고 있었다.

"우리가 5년간 전력 증강을 위하여 십오 조를 쓰기로 했으나, 그것만으로는 부족한 것이 아니냐고 야당들이 말하고 있습니다. 우리 여당에서도 국제정세의 변화에 위기를 느끼고 있습니다. 여기에 대하여 국방부 장관은 어떻게 생각하고 있습니까?"

국방부 장관이 어두운 표정으로 입을 열었다.

"우리가 독도 해전에서 이겼다고는 하나, 그것은 순전히 레이저포 때문입니다. 지금 5개 년 전력 증강 계획이 진행되고 있으나, 우리 주변국들은 우리보다 더 빠른 속도로 전력을 증강하고 있습니다."

대한민국의 레이저포에 자극을 받은 것이다.

그들은 그것뿐만이 아니라 다른 신무기도 보유하고 잇을 것이라는 조심스런 예측들도 내놓고 있었다.

"현재 이어도의 석유만 해도 그것이 분명히 우리 경제수역인데도 불구하고 중국의 간섭으로 석유를 채유하지 못하고 있습니다. 레이저포만 해도 우리 군은 모두 180문 이상을 요구하고 있습니다. 그런데 우리는 겨우 사십 문밖에 없습니다."

국방부 장관이 지적하고 있는 것이 대한민국의 뼈아픈 현실이었다.

"이번 독도 해전에서도 우리 해군이 최신 군함을 모두 동원했으나, 신형 군함은 모두 15척에 불과합니다. 지금 소말리아 근해에 우리 군함을 두 척 이상 파견해야 하는데도 군함이 적어 더 이상 파견하지 못하고 있는 실정입니다."

이토록 대한민국은 아직도 열악한 환경에 놓여 있었다. 때문에 절대로 자만해서는 안 되었다.

두 눈을 부릅뜨고 두 주먹을 움켜쥐고 자구책을 강구하기 위해 최선을 다해야 하는 시기인 것이다.

이와 같이 중차대한 시기에 내부의 적과 소요를 벌리거나 서로를 비방하는 등의 행동은 국가의 발전에 아무런 도움도 되지 못하는 것이다.

그나마 다행스럽게도 정권이 바뀌면서 대한민국에 만연하던 부정과 부패와 나눠먹기식의 사례들은 많이 사라져 있었다.

"우리가 전력 증강에 힘쓰고 있으나 중국에 비례하여 오히려 우리가 더 적게 쓰고 있습니다. 중국이 북한에 대하여 다른 마음을 못 먹게 하려면 우리 군사력이 지금보다 훨씬 더 강해야 합니다."

대통령은 한동안 생각하더니 다시 입을 열었다.

"이번에 미국에서 F-22기와 글러벌호크를 수입하는 데도 우리 전력에 문제가 있습니까? 아니 군은 만족할 수 없는 것입니까?"

"F-22가 들어오면 공군력이 강해지는 것은 사실이지만, 해군은 여러 가지로 부족합니다."

"모처럼 여야가 우리 군사력에 다 같이 마음을 쏟고 있을 이때에, 군은 정부에 요구할 것을 기탄없이 요구해 보시오."

대통령의 요청이 있자, 국방부 장관은 허심탄회하게 말하기 시작했다.

"우리 군은 당장 레이저포 오십 문이 더 필요합니다. 그리고 KDX 신형 군함이 시급히 더 필요합니다. 또 육군도 화력을 더 증강해야 합니다."

"F-22와 글러벌호크를 들여오는 데만 팔조 이상이 듭니다. 그런데 해군은 얼마나 요구하는 것입니까?"

"KDX-2에 해당하는 군함 3척과 KDX-1에 해당하는 군함 2척이 당장 필요합니다."

"해군은 지금 건조중인 군함이 세 척이나 있지 않습니까?"

"그중 한 척은 잠수함이고 두 척이 군함입니다. 우리 해군이 군함을 사십여 척을 가지고 있다고는 하나, 실질적으로 해전에 투입할 수 있는 군함은 모두 15척에 불과 합니다. 우리 해군은 이런 군함이 22척 이상이 필요하다고 합니다."

"그렇다면 그 요구를 꼭 들어주어야만 하겠군요?"

"예. 그렇습니다. 우리 영토를 지키려면 그들의 요구에 귀를 기울여야 합니다."

대통령은 싱긋이 웃으며 다시 물었다.

"육군도 전력 증강에 빠질 수 없겠지요?"

"육군에게도 부족한 무기가 많습니다. 각종 레이더와 신형전차와 장갑차, 그리고 자주포, 탱크를 잡는 제블린 같은 무기가 많이 필요합니다."

"알겠습니다. 그럼 모두 얼마나 필요한 것입니까?"

국방부 장관이 문득 한숨을 내쉬고선 조금 작아진 목소리로 대답을 했다.

"모두 십오조 정도가 필요합니다."

"그럼 결국 군 전력증강에 30조가 들어가는군요."

"그렇습니다."

세계 경제는 좀 좋아지는 듯하더니, 사우디의 석유고갈로 석유 값이 오르자 경제는 다시 답보 상태에 빠졌다.

그러나 한국은 서해안에서 석유를 뽑아 올리고 미리내에서 전지와 투명금속을 많이 수출해서 경기가 다른 나라에

비하여 좋은 편이었다.

형진은 민 사장과 서 사장을 불러놓고 의논을 했다.

"이제 연말이 되었으니 대충 결산이 나오지 않았습니까?"

형진이 말이 끝나자 민 사장이 먼저 입을 열었다.

"우리 전지는 대략 올 매출이 45조에 이릅니다. 경상이익도 20조가 넘을 것입니다. 매출 증가는 작년에 비하여 25%에 이릅니다."

"흠! 뜻밖에 장사를 잘했습니다. 나는 전지가 정점에 다다라 더 이상 성장이 어렵다고 생각했는데 25%나 성장을 했다니요."

민 사장이 기분이 좋아서 다시 대답했다.

"내년엔 꼭 매출 50조를 돌파하겠습니다."

형진이 기꺼운 마음으로 웃음을 터트렸다.

"하하, 그렇게만 되면 더 이상 바랄 것이 없겠지요."

형진은 말을 하고선 진수를 쳐다봤다. 그러자 진수는 픽 웃었다.

"우리 투명금속은 매출 160조를 돌파했다. 그리고 경상이익은 70조가 넘는다. 이거 내가 생각해도 너무하는 것 같다. 세상에 무슨 폭리를 이렇게 보니?"

"아니 투명금속 값을 내가 결정한 게 아니잖아? 내 기억엔 네가 직접 결정한 것 같은데."

살짝 웃은 진수는 그럼에도 찝찝함을 무도 날려버리진 못한 것 같았다.

"하긴, 그렇지만 우리처럼 폭리를 남기는 회사가 어디 있냐?"

"폭리라니? 나는 남길 만큼 남긴 것 같은데."

이 말을 들은 민 사장이 나선다.

"가장 수지맞는 곳은 국세청이 아니겠습니까? 우리 회사에서만 18조 이상의 세금을 받을 수 있으니 우리 같은 회사 몇 개만 더 있으면 우리나라는 금방 부자가 될 것입니다."

형진이가 다시 입을 열었다.

"이만하면 우리 회사가 올해는 매출 1위 회사가 아닌가?"

민 사장이 환하게 웃으며 말했다.

"틀림없이 우리 회사가 매출 1위입니다. S전자가 매출이 많기는 하나 160조를 넘기기 힘듭니다. 그런데 우리는 이 백조를 넘겼으니, 이제 더 이상은 우리를 따라올 회사는 없을 것입니다."

형진이가 신이 나서 떠든다.

"암 그래야지요. 드디어 내가 바라고 바라던 1위를 했구나. 그러나 이제부터는 세계 1위를 향하여 나아가야지."

이 꼴을 본 진수가 또다시 심통 맞은 소리를 했다.

"세계 1위가 어린아이 이름인 줄 알아? 그게 얼마나 어려운 일인데. 우리 회사 매출이 세 배로 늘어나도 어려워."

그러자 형진이가 다시 큰소리쳤다.

"이 친구야. 자넨 내가 한국에서 제일 큰 기업이 되겠다고 했을 때도 놀려댔어. 그런데 아직도 날 놀려대나?"

진수도 유쾌한 웃음을 터트렸다.

"하하, 바랄 걸 바라야 안 놀리지."

"그럼 내년에 투명금속은 매출이 얼마나 될 것 같아?"

진수가 잠시 생각하더니 말했다.

"음! 아무리 적게 잡아도 매출이 이백조는 넘을 것이다."

이 말을 들은 형진이가 뒷머리를 긁으며 말했다.

"세계 제일이 힘들긴 많이 힘든 모양이다. 그래 몇 년 후에 한번 보자. 그런데 내년에 공장 지을 준비는 끝난 것이야?"

"내년 1월 5일부터 공사를 착수할 것이다."

"그 공사도 네 고모부 회사에서 하는 것이냐?"

진수가 씩 웃으며 대답했다.

"뭐, 어쩔 수 없잖아. 같이 먹고 살아야지. 우리 고모님은 그 공사를 따려고 아예 우리 집에서 눌러 사신다. 그 누구보다 우리 아버지가 고모에게 시달려 죽을 지경이시란다. 그래서 공사의 반을 고모부 회사에게 주었어. 그러나 공사에 절반은 N건설회사에 주었다."

형진은 머리를 끄덕인다.

그도 진수의 사정을 잘 알고 있었다. 어쨌거나 진수 고모부 회사 때문에 형진이도 거부가 된 것이니 그 정도는 양보해야 할 것 같았다.

형진은 다시 두 사람을 보며 말했다.

"곧 명절이 다가오니 또 떡값을 정해야지?"

진수가 다시 웃었다.

"보나마나 떡값으로 월급에 300%를 줄 것 아니야?"

"그래. 두 사람이 찬성한다면 300%를 줄 생각이야. 사람들이 어린 아이처럼 이날만 손꼽아 기다리는데 내가 어떻게 그들을 실망시킬 수 있겠느냐?"

진수가 갑자기 자화자찬을 했다.

"우리 회사가 좋기는 좋다. 여름휴가에 보너스 100%고, 추석과 설날에 각각 300%씩 주니 일 년에 보너스만 700%니 우리 회사 같은 회사가 세상에 어디 있냐?"

이 말을 들은 형진이 퉁명스럽게 말했다.

"야. 지금 날 칭찬하는 것이야, 아니면 흉보는 것이야?"

진수가 바로 맞받아쳤다.

"입맛대로 골라잡아."

"와~ 죽겠다. 우리가 좀 넉넉히 주지만 그 사람들이 그 돈으로 얼마나 잘 살겠니?"

이 말을 들은 진수가 또 통박을 놓았다.

"이 사람아. 우리 회사 3년 근무한 근로자 연봉이 육천만 원이나 돼. 매달 오백만 원이면 아주 잘사는 것이야. 우리나라에서 서민들은 겨우 이백 정도 갖고 생활 하고 있어. 무엇 좀 제대로 알고 떠들어라."

그러자 형진이가 머리를 흔든다.

"그래 보았자 그들 대부분이 아직 집도 없는 사람들이야. 그들이 월급을 모아서 언제 집을 사겠어?"

"아니! 집사는 것까지 우리가 생각해야 하겠어?"

"우리나라에서 집이 있느냐 없느냐로 부의 척도를 따지는데, 우리가 생각해주지 않으면 누가 생각해주냐?"

"그래서 이번에도 월급을 왕창 올려줄 생각이야?"

진수가 화를 내자 형진이 민 사장을 돌아봤다.

그는 잠시 두 사람을 저울질했다. 그런데 오늘은 아무래도 진수의 편을 들어야 할 것 같았다.

누가 뭐라 해도 이 회사에서 진수가 2인자임에 틀림없었다. 그런 그에게 잘못보이면 지금 자신이 맡고 있는 사장 자리도 보장할 수가 없다.

물론 그의 입장에서는 월급이 오를수록 좋다. 민 사장은 차분한 목소리로 형진을 설득했다.

"우리 회사 연봉이 다른 대기업보다 오백만 원 이상이나 높습니다. 거기에다 매년 보너스로 700%나 받으니 실제로 우리 회사 사원들의 연봉이 구천 오백만 원 정도가 됩니다. 매년 연봉을 올려주었으니 다음 해에는 한 번쯤 쉬어도 좋습니다."

이 말을 들은 형진이가 떨떠름한 표정으로 말했다.

"사원들이 모두 실망 하겠는데… 매년 올려주던 것을 내년에는 연봉을 동결시키니. 어쩔 수 없지, 그 대신 협력 업체를 조금 도와줍시다."

진수가 시비조로 물었다.

"도와주다니, 어떻게?"

"보너스 100%를 지원해주도록 하지."

진수가 또다시 열통을 터트린다.

"이봐 회장. 우리 회사 협력업체들도 연봉이 삼천만원 이상이나 된다. 이것은 다른 기업의 협력 업체보다 연봉이 오백만 원 이상이나 높은 것이야. 그런데 우리가 대신 보너스까지 주어야 하냐?"

이 말을 들은 형진이가 머리를 흔든다.

"사실 우리 회사 협력업체라고 하지만 우리 회사에 납품할 물건만 만드는 것 아닌가?"

맞는 말이었다.

거의 대부분의 협력업체들이 그와 같았다. 때문에 모회

사가 잘못되면 덩달아 도산을 면치 못하는 것이다.

또한 모회사로부터 버림을 받으면 그들의 활로는 그것으로 끝이 나는 것이다. 이처럼 대한민국의 일부 기업구조는 근본적으로 잘못 구성되어 있었다.

"그러니 그들도 우리 회사 직원이나 마찬가지라고. 그런데 협력업체에서 일한다는 이유로 연봉이 절반밖에 안 되니 이것은 불공평한 것이야. 나는 이 불공평함을 아주 조금이나마 바로 잡으려는 것이다. 진수야. 그러니 너도 돈만 생각하지 말고 인생을 불쌍히 여겨라."

이 말을 들은 진수가 기가차서 웃었다.

"하하하. 말 하나는 정말로 잘하는 구나. 아니 돈독이 오른 것은 내가 아니고 사실은 너 인데, 마치 내가 수전노나 되는 것처럼 말하는구나?"

형진은 아주 태연하게 대답했다.

"내가 돈을 밝히는 것은 우리 민족을 가난으로부터 구원하기 위한 것이다. 솔직히 전지 회사만 가져도 우리가 배두들기며 잘 먹고 잘 살 수 있지 않아? 그러나 이 가난한 동포들을 구하려면 돈이 더 많이 필요하다고."

형진의 말을 들은 진수가 약이올 라 또 한마디 했다.

"그래, 너 혼자 애국자 노릇 실컷 해라. 뭐 가난한 동포를 구하기 위하여 돈을 번다고? 죽일 놈 같으니라고, 그저 입만 살아가지고?"

"아니! 그렇다고 그렇게 무지막지한 욕을 하냐?"

대통령의 부름을 받은 L석유회사 오회장은 청와대로 들어갔다.

두 사람이 인사를 하고 자리를 잡고 앉자 오회장이 먼저 입을 열었다.

"대통령님. 이어도의 석유를 중국에 좀 양보하더라도 서둘러서 채유했으면 합니다."

"이어도엔 석유가 얼마나 있기에 중국하고 나눠 먹는단 말입니까?"

"우리 회사에서는 십구억 배럴이라고 발표했습니다만, 실제로는 이백만 배럴이나 되는 막대한 석유입니다."

그에 대한 부분은 대통령도 사전에 보고를 받아 대충은 알고 있었기에 별로 놀라지 않았다.

"이백만 배럴이라면 돈으로 환산해서 얼마나 되는 것입니까?"

"현재 유가로 따져서 삼조 육천억 달러입니다. 그러나 채유시설이 끝날 때쯤에는 석유 값이 배럴당 이백 불이 넘어 설 것입니다. 그렇게 되면 사조 달러가 넘는 막대한 금액이지요."

이 말을 들은 대통령이 머리를 흔든다.

"안 될 말입니다. 이어도 근해는 확실한 우리의 경제수

역입니다. 우리의 권리를 중국과 나눠 갖는다는 것은 결코 있을 수 없는 일입니다. 만약 이것을 중국과 협상을 한다면 우리나라 위신이 땅에 떨어집니다."

대통령의 단호한 입장 표명에 오 회장은 곤란스런 감정을 숨기느라 애를 먹고 있었다.

"또 자원이라고는 없는 나라에서 모처럼 큰 자원이 발견되었는데, 남이 조금 위협한다고 머리를 숙이고 타협할 수는 없습니다. 우리 것은 반드시 우리 손으로 뽑아 올려야 합니다. 더군다나 사조 달러나 되는 것을 어떻게 남과 같이 나눠 먹을 수 있겠습니까?"

오 회장은 살며시 화제를 전환해서 다른 각도에서 접근하기로 했다.

"저희가 입수한 정보로는 중동의 많은 유전들이 곧 고갈될 것이라고 합니다. 만약 그렇게 되면 석유 값은 천정부지로 오를 것입니다. 값도 값이지만 돈을 주고도 살수 없는 지경에 이를 것입니다."

그런 석유파동이 찾아오면 얼마나 많은 나라들과 기업들과 국민들이 고통에 겨운 한숨들을 쏟아내게 될 것인가?

"그러므로 우리도 이를 대비해 이어도 석유를 하루빨리 개발해야 합니다. 만약 그렇지 않을 경우 석유로 인하여 우리경제가 매우 어려움에 처할 수도 있습니다."

"지금 우리나라에서 필요한 석유의 절반은 서해에서 퍼

올리고 있지 않습니까? 그런데도 석유로 인하여 우리가 어려움에 처하겠습니까?"

"그렇습니다. 중동에서 일부의 석유가 고갈된다면 석유 값은 순식간에 배럴당 삼백 불을 넘어 설 것입니다. 그렇게 되면 돈을 들고도 석유를 구하기 어렵게 됩니다. 우리 나라는 지금도 석유를 하루에 120만·배럴을 사들여야 합니다. 이 양은 결코 쉬운 양이 아닙니다."

잠시 생각하던 대통령은 이내 오 회장을 일단은 물리기로 마음먹었다.

"회장님의 말씀을 잘 알겠습니다. 정부에서도 이어도의 석유를 곧 개발하도록 노력하겠습니다."

오 회장이 자기 사무실로 돌아오자 사장이 들어왔다.

"회장님, 올해의 실적이 나왔습니다."

"아! 그래요. 올해 매출이 얼마나 됩니까?"

"67조나 됩니다."

"하하, 석유를 퍼 올리기 시작하니 금방 달라지는 군요. 그런데 우리 회사가 매출로 랭킹 얼마나 됩니까?"

"세 번째입니다. 그런데 우리 제계에 지각 변동이 생겼습니다."

오 회장이 놀란 표정으로 사장을 빤히 바라봤다.

"지각 변동이라고요? 무슨 일입니까?"

"미리내가 올해 매출이 이백조가 넘었답니다."

쿠웅!

"아니, 그렇다면 미리내가 S전자를 뛰어 넘은 것이 아닙니까?"

사장은 스스로도 놀랍다는 듯 고개를 휘휘 내저은 후 대답을 했다.

"뛰어 넘은 정도가 아니라, 아주 멀리 떼어 놓은 것입니다."

미리내는 젊은 사람들이 운영을 하고 있다는 말을 들었는데, 오 회장은 조만간 그들의 최고경영자를 만날까 하는 생각을 했다.

"내년부터는 우리도 본격적으로 석유를 생산하는데 그럼 어떻게 되겠습니까?"

"내년에 우리 회사의 매출도 백조 정도는 될 것입니다."

"허참. 독도의 가스를 뽑아 올려도 S전자를 따라 넘기 어려운데, 우리는 언제 미리내를 뛰어넘을까?"

"우리가 그 정도가 되려면 이어도의 석유를 뽑아 올려야만 가능합니다."

"허허, 어느 세월에 이어도의 석유를 마음껏 퍼올리게 되려나?"

사장이 오회장의 안색을 살피면서 조심스럽게 물었다.

"청와대에서 무슨 언질을 듣지 못하였습니까?"

"대통령께서는 곧 이어도에서 석유를 채굴하게 해주시 겠다고 말씀을 하셨습니다."

"그럼 된 것 아닙니까?"

"글쎄… 그것이 어느 세월에 이루어질지 알 수가 없으 니……."

"석유를 막 퍼 올려도 백조를 넘기기 어려운데… 그런 면에서 미리내는 정말 대단한 기업입니다."

오 회장은 순순히 머리를 끄덕인다.

"젊은 사람들이 모여서 세운 기업인데 정말 대단한 사람 들입니다. 우리 같은 사람은 평생을 노력해도 겨우 여기까 지 왔는데."

"들리는 말에는 투명금속을 미처 생산을 못하여 못 팔고 있다고 합니다. 내년에도 공장을 아주 대규모로 지을 모양 입니다."

"그래요. 경제가 점점 어려워지는 이때에 참으로 놀라 운 일입니다. 덕분에 우리나라도 국민소득이 삼만 오천 불 이 넘지 않았습니까? 잘하면 곧 사만 불도 돌파할 것입니 다."

"지금 같이 미리내가 발전하면 곧 매출 삼백조가 넘을 것 입니다. 그렇게 되면 미리내가 우리나라의 발전에 크게 이 바지하게 되는 것입니다."

"하하 부럽군! 부러워. 그러나 우리도 곧 이백조 고지를 향하여 달려갑시다. 가다 보면 우리가 미리내를 앞설 때가 언젠가는 오겠지요."

빛을 찾아서

　설날이 오자 연휴를 맞이하여 회사는 4일간 쉬었다.

　형진이가 모처럼만에 집에서 편안하게 쉬고 있는데, 누나가 앞에 와서 앉았다. 형진이 먼저 입을 열었다.

　"누나, 회사 사장이 되니 어때, 할 만해?"

　그러자 누나의 입이 금방이라도 찢어질 듯 했다.

　"네 덕분에 내가 큰 회사 사장도 다 되어보고, 기분이 여간 좋은 게 아니다."

　"힘들지는 않아?"

　"힘들기는 뭐가 힘들어. 세상에 쉬운 일이 어디 있다고. 내가 사장이 되었으니 우리 회사를 세계적인 제약 회사로 반드시 키울 것이다."

살며시 미소를 지어 보인 형진이 누나에게 물었다.

"작년에 매출이 얼마나 돼?"

"아직 결산이 끝나지 않았지만 대충 일조 삼천억이 넘는다."

"와! 괜찮은데. 그 암 치료제인가 예방약인가 하는 약이 잘 팔리는 모양이지?"

"그 약 이름이 노암이라고 하는데. 이제 선전이 제법 잘 되어서 하루에 십만 병 이상 팔려나가고 있어."

"그거 한 병에 얼마씩 받는데?"

"공장도가가 삼만 원이야. 시중에서는 오만 원을 주어야 살 수 있어. 너도 그 약을 꾸준히 먹도록 해. 그거 아주 좋은 약이야."

"무슨 약이고 다 부작용이 있는 것이야. 그런데 건강한 내가 왜 약을 먹어."

"아니야. 이 약은 일체 부작용이 없는 약이야. 각종 미네랄과 비타민이 풍부해서 영양제로 먹어도 되는 약이다. 그러니 안심하고 먹어도 돼. 남들은 약이 없어서 못 먹지만 너는 약이 있는데도 왜 안 먹어?"

"아…하하, 으흠! 그런데 그 약이 앞으로 더 많이 나가겠어?"

"올해 목표가 그 약만 일조오천억을 목표로 하고 있어.

잘만 하면 올 매출이 이조가 넘을 것이다.”

형진은 환하게 웃으며 말했다.

“매출 이조만 넘으면 누나가 큰소리치고 다닐 거야.”

그 말을 들은 누나도 환하게 웃었다.

“그러지 않아도 우리 회사가 제약 회사 중에 매출이 제일 많아. 이만하면 큰소리치고 다닐 만하지 않아. 그리고 곧 우리 회사에서 아주 뛰어난 위궤양과 십이지궤양 치료제가 나와. 그 약이 나오면 세계 각국으로 팔려 나갈 것이다. 세상에는 만성 위장병 환자가 꽤 많거든. 그런데 이 약은 그런 환자들에게 아주 특효약이야.”

누나가 아주 신이 나서 떠들어댄다. 형진은 활력에 넘치는 누나 얼굴을 보니 기분이 좋았다. 이때 누나가 다시 말했다.

“얘. 너의 회사에서 우리 회사 돈 사조를 가져갔는데 그거는 언제 줄 거야?”

공장을 짓느라고 가져간 돈을 말하는 것이었다.

“아! 그 돈. 내년에는 돌려 줄 거야. 걱정하지 마. 그런데 지금 그 돈에 대한 이자를 잘 지불하고 있는데 왜 그 돈을 달라는 거야?”

“그 돈을 달라는 게 아니고 확실히 해두자는 거야.”

“알았어. 내년이면 우리 회사 형편이 풀릴 거야. 그럼 먼저 그 돈부터 갚을게.”

형진은 말을 하면서도 내년에 그 돈을 갚게 될지 모른다고 생각했다.

내년에도 또 대규모의 공장을 짓게 된다면 아마도 못 갚게 될지도 모른다. 형진이가 이런 생각을 하고 있는데 누나가 다시 말했다.

이 사조 원은 진수가 G제약회사의 사장으로 가서 천연두 백신을 만들어서 번 돈이다. 그런 것을 형진이가 투명금속 공장을 짓기 위하여 빌려다 쓴 돈이다.

"얘. 시중에 소문엔 너의 회사 매출이 작년에 이백조가 넘었다고 하더라. 그게 정말이냐?"

"벌써 그런 소문이 났어? 거 참 빠르네. 아직 결산도 안 나왔는데. 아마 이백조가 넘을 것이야."

"어머나. 얘. 네가 입버릇처럼 한국에서 매출 1위 기업이 되겠다고 떠들더니 정말 그렇게 되었구나."

"하하, 뭘 그런 것을 가지고 놀라. 곧 세계에서 매출이 제일 큰 회사가 될 것이야."

"아니! 넌 돈을 그렇게 벌어서 다 무엇 하려고 그러니?"

형진이 쓴 웃음을 머금었다.

주변 사람들로부터 늘 받는 질문이었다. 또한 형진이 한결같은 대답을 해주었음에도 불구하고 사람들은 반복적인 질문을 해오고 있는 것이다.

그만큼 자신의 말이 사람들에게 신뢰를 주지 못하고 있

는 것일까?

아니면 자신들의 상식에서 벗어나는 말이기 때문에 스스로 인정을 하지 못하고 있는 것은 아닐까?

"세상에 돈이 있으니 돈을 버는 것이지, 딱히 무슨 이유가 있어 버는 것은 아니야. 그러나 돈이 많다고 걱정할 일은 없지. 돈이란 항상 없어서 못 쓰는 것이니까."

"그럼 넌 별다른 목적도 없이 돈을 막 벌어들이는 것이야?"

"하하, 그것은 아니고. 나도 돈을 벌면 쓸 만한 곳에 쓸 것이야. 우리나라가 돈 쓸 곳이 어디 한두 군덴가? 다 벌어놓으면 쓸 곳이 생기는 것이야. 지금 투명금속 공장에 공장 노동자가 사만 삼천 명이 넘어. 돈이란 이같이 많은 일자리를 만들 수 있잖아? 돈이 많아야 다 같이 잘 먹고 잘 살 수 있는 것이야."

"그럼 매출액이 올해도 엄청 많이 늘어나겠다."

"글쎄. 지금 예상으로는 올해 이백오십조는 넘지 않을까 하고 생각하고 있어."

한동안 어이없는 표정으로 형진을 바라보던 누나가 맥이 빠진 듯한 표정으로 입을 열었다.

"얘. 네 말을 들으니 우리 회사는 꼭 장난감 같다. 이거 어디 힘 빠져서 일하겠니?"

"그러니까 누나도 분발해서 매출이 한 십조 정도 되는 회사를 한번 만들어봐."

"얘는. 십조가 무슨 아이들 이름인 줄 아니? 그게 얼마나 큰돈인데. 내가 어쩌다가 너 같은 괴물 동생을 두었는지 모르겠다."

"참! 아버지는 가게를 계속하시겠다는 것이야?"

"아버지도 몸이 옛날 같지 않으신 모양이야. 올해에는 편의점을 다른 사람에게 넘기시겠다고 했어."

"그래. 아버지도 이제는 그만 쉬실 때가 되셨어."

누나의 시선이 갑자기 몽롱해지는 듯했다. 그리고 푸념처럼 말을 꺼냈다.

"얘. 아버질 보니까 인생이 너무 허무한 것 같다. 사람 한평생이 너무 짧아. 얼마 전까지만 해도 아버지가 얼마나 건강하셨니? 그런데 이제는 확실히 노인이 되셨어."

"누나도 벌써 마흔네 살이잖아. 내가 누나 뒤를 졸졸 따라 다닐 때가 엊그제 같은데 벌써 나이 사십을 바라보다니……."

"얘. 우리 이런 이야기는 하지 말자. 나는 나이 먹는 다는 생각만하면 흰머리가 팍팍 생겨난다."

"미숙이도 이제 올해는 중학생이 되지?"

자조적인 미소를 입가에 머금은 누나가 옅은 한숨과 함께 대답을 했다.

"그 애가 벌써 중학생이 되니 내가 늙을 수밖에 더 있니?"

"누나, 그래도 우리에겐 아직 일할 나이가 삼십 년은 더 남아 있으니 다행 아니야?"

형진의 말에 누나는 아무 대답도 안 하고 깊은 생각에 빠졌다.

설날 휴가가 끝나고 회사에 나가니 아침 일찍 진수와 민 사장이 들어온다. 형진이가 먼저 인사를 했다.

"설날 잘 지냈어?"

민 사장이 먼저 고개를 절레절레 저으며 대답을 했다.

"설날이라고 손님들이 찾아와 술만 먹어서 오히려 더 피로합니다."

진수도 덩달아 대답을 했다.

"나도 손님이 많이 찾아와서 애꿎은 술만 축냈다."

진수는 신문을 펼쳐놓더니 말했다.

"쿠웨이트에서 유전들이 바닥을 들어냈대. 얼마 전엔 사우디의 큰 유전이 바닥을 드러내더니… 쿠웨이트까지 이러면 앞으로 석유 값이 참으로 불안하겠어."

"벌써 석유 값이 배럴당 이백 불을 돌파했는데. 이거 정말 큰일이다."

형진이 말을 들은 진수가 피씩 웃었다.

"석유 값이 올라가니 전기자동차가 많이 나가지 않아? 덕분에 우리 회사는 전지를 많이 팔아먹고, 괜찮지, 뭘 그래?"

"세계 경제가 갈수록 나빠지는데 전기자동차라고 잘 팔릴 리 있나?"

이 말을 들은 민 사장도 나선다.

"지금 석유 시장에선 강대국들이 석유를 확보하려고 경쟁이 아주 치열합니다. 특히 미국과 중국이 매우 적극적입니다. 이러다 강대국들 간에 혹시라도 무력충돌이 생기지 않을까 걱정입니다."

진수가 다시 투덜거린다.

"전 세계가 대체연료를 개발한다고 떠들더니 어떻게 된 것이야? 벌써 십년이 넘었는데 별다른 방법이 없는 모양이지?"

"대체에너지. 그게 말이 쉽지 해결하기 쉬운 일이 아니지요. 핵융합이나 할 수 있다면 모를까, 화석연료를 쓰지 않을 수 없지요. 석유생산이 한계에 이르자 오히려 석탄이 더 많이 소비가 되지 않습니까? 이거 석유 때문에 세계경제가 또 흔들리게 되었습니다."

"그러지 않아도 환경문제다 온난화 문제다 하며 시끄러운데. 석탄을 많이 때면 탄소 배출량이 급격하게 늘어 날 터인데. 그럼 환경문제로 또 다시 세상이 시끌벅적하겠군."

"요즘 온난화 문제로 기후가 많이 변하여 세계가 온통 난

리입니다. 우리나라도 바닷물이 따듯하여져서 물고기들의 어종이 바뀌었다고 합니다."

이 말을 들은 형진이가 다시 말했다.

"앞으론 돈 들고서도 석유를 구입하기 힘들 것 같은데. 우리나라도 이 어려움을 극복하려면 석유를 더 개발해야 하는 것 아니야?"

민 사장이 짜증이 어린 표정을 지으면서 대답을 했다.

"석유를 찾는 것도 좋지만 이미 찾아놓은 석유도 우리마음대로 못 퍼 올리고 있지 않습니까? 이어도에 있는 석유만 퍼올려도 한동안은 괜찮을 터인데요."

"아니! 이어도에 있는 석유가 얼마나 된다고요? 내가 신문에서 보니 얼마 안 되던데요."

형진의 말을 들은 민사장이 머리를 흔들었다.

"하하, 신문에 발표된 것과 실질적인 매장량은 전혀 다릅니다. 제가 들은 바로는 그곳에 매장된 석유가 이백억 배럴이라고 넘는다고 합니다. 만약 우리나라가 이 석유만 퍼 올릴 수 있다면 향후 오십년은 석유 문제로 골머릴 안 썩혀도 된답니다."

잠시 놀라던 형진은 서둘러 말을 꺼냈다.

"그렇다면 무슨 일이 있어도 어서 빨리 퍼 올려야지요."

"그리고 독도에 있는 가스만 퍼 올리면 우리나라는 석유와 가스를 자급자족하게 되는 것입니다. 그러면 우리나라가 얼마나 살기 좋아지겠습니까?"

물론 퍼 올리지 못하는 사람들의 속이 어떠하겠는가.

"하루빨리 그런 날이 와야지요."

이때 진수가 나섰다.

"안산공장에 공장을 한꺼번에 사십 군데나 착공을 하니 정말 볼 만해. 나는 그것만 보아도 가슴이 뿌듯하다고."

"하하. 그 공장만 다 완공되면 주문이 들어오는 대로 다 주어도 될 것이다."

"그렇긴 한데, 그러려면 이부제로 운영해야 할 것이다. 이것을 극복하려면 공장 백 개를 더 지어야 하는데, 그러려면 지금부터 대책을 세워야지?"

형진이 보기에 딱히 대책이라 할 만한 것은 어차피 정해져 있었다.

"대책이란 것이 공장을 더 지을 땅을 마련하는 것이 아닌가?"

진수는 머리를 끄덕인다.

"그 땅을 마련하려면 지금부터라도 서둘러야 할 것이야."

"그럼 총무부에 연락해서 필요한 만큼 땅을 더 구입하도록 해."

"공장 백 개를 더 지으려면 땅이 칠십만 평 이상을 가져야 하는데. 그게 쉽지 않을 것 같아."

수도권에 그 만한 크기의 땅을 매입한다는 것은 결코 쉬운 일이 아니었다. 그래서 진수는 벌써부터 머리기 지끈거리는 듯했다.

"그러니 서둘러서 땅을 구해보아야지."

"그 땅만 구입하면 한동안 할 일이 없을 것이다."

"그렇다면 투명금속이 이십만 톤이 한계란 뜻인가?"

"뭐 꼭 그런 뜻은 아니고. 그 정도만 생산하면 주문은 충분히 감당할 수 있지."

"그럼 서둘러서 일을 끝내자."

"총무부에 그렇게 지시할게."

"그럼 공장을 지을 자금 문제는 해결된 것인가?"

"세부적인 계획을 세워 두었으니 아무런 문제가 없을 것이야."

이야기가 끝나자 민 사장이 나간다.

그러자 형진이가 진수에게 다시 말했다.

"이것은 좀 다른 문제인데. 지금 우리 자산이 백칠십조가 넘는데… 물론 그중엔 빚이 이십사조가 있지만. 하여간 우리가 발행한 주식에 비하여 자산이 너무 많아. 그래서 말인데 무상주를 발행하는 게 어떤가?"

진수가 이마에 주름을 만들면서 생각에 들어갔다.

"무상주라고? 얼마나 발행할 것인데."

"뭐 이왕 발행하는 것 한 100% 정도 발행하자."

진수는 머리를 끄덕인다.

"우리 주식이 모두 이천만 주지? 그럼 그렇게 하자."

이대 주주인 진수가 가진 주식은 모두 백삼십만 주나 된다.

그리고 김경호와 윤 박사와 형진이 누나가 0.5%인 십만 주씩 가지고 있고, 경호의 친구들이 0.1%인 이만 주씩을 가지고 있었다.

지금 미리내 자본금은 모두 일 천억에 지나지 않는다.

이번에 무상주를 발행해도 자본금은 이천억 정도밖에 안 된다. 진수가 잠시 생각하더니 말했다.

"자본금을 이 천억으로 늘려도 자본금이 너무 적은 것이 아니냐?"

"그래서 내년에도 무상주 100%를 발행할 생각이다. 그럼 자본금이 사천억이 되지 않아?"

"그럼 그렇게 하자. 나야 주식이 늘어나니 나쁠 것이 전혀 없지."

"그럼 그렇게 알고 진행시킬게."

며칠이 지나자 민 사장이 들어왔다.

"회장님, 군에서 장군과 장교들이 찾아왔습니다."

"아! 그래요? 무슨 일로 왔답니까?"

"저… 레이저포 때문에 왔습니다."

형진이 잠시 생각해봤지만 딱히 이유를 알 수 없었다. 그래서 다시 물었다.

"미국에서 주문한 레이저포 때문입니까?"

"아닙니다. 우리 군에서 또다시 레이저포를 주문하러 왔습니다."

형진의 눈에 기대감이 차올랐다.

"그래요, 이번에는 얼마나 주문해간답니까?"

"이번에도 사십 대를 주문하겠답니다."

"그럼 원하는 대로 해주세요?"

그럼에도 민 사장은 난처한 표정으로 자리에서 일어서지 못했다.

"그런데 가격 때문에 제가 왔습니다."

형진이 뚱한 표정으로 물었다.

"가격이라니요?"

"이번에 미국에서 주문해간 가격이 대당 오백억이지 않았습니까?"

"예. 그렇습니다."

"그런데 우리 군에서는 대당 삼백억에 달라고 요구를 합니다."

형진이 쓴 웃음을 머금고 대답을 했다.

"그거야 저번에도 그 가격에 주어서 그렇지요."

"그럼 이번에는 어떻게 할까요?"

"그럼 그것도 삼백억씩에 그냥 주세요."

민 사장은 더욱 곤란한 표정을 짓고 다시 물었다.

"흠! 그랬다가 나중에 미국이 알면 좋아하지 않을 터인데요?"

"미국이 그것을 어떻게 알겠습니까? 대신에 우리 군 관계자들한테 비밀을 철저히 지켜달라고 하세요."

"그럼 그렇게 정하겠습니다. 그런데 결국은 미국이 알게 되지 않겠습니까?"

당연한 일이다. 세상에 비밀이란 없는 것이니까.

"뭐. 어쩔 수 없지요. 미국에게 우리나라처럼 싸게 줄 수는 없지 않습니까? 우리가 강매한 것도 아니고 자기들이 원해서 파는 것인데요. 사실 이런 신무기로는 가격이 너무 싼 것 아닙니까?"

"아! 그럼요. 아주 싼 것이지요."

민 사장은 건성으로 대답하면서 생각했다.

레이저포 하나의 생산 원가는 오십억이 조금 넘는다. 일반 공산품이 생산원가에 보통 네 배를 받으니, 레이저포는 이백억이면 된다.

물론 여기에서 말하는 생산 원가란 인건비와 경상비를 제외한 순수한 기계 값만 말하는 것이다.

그러나 무기는 일반 공산품처럼 막 찍어내서 파는 것이 아니니까 조금 더 비쌀 수가 있다.

그런 점을 감안하면 한 삼백억이면 적정한 가격이다.

그런 면에서 미국에 판 레이저포는 조금 비싼 편이라고 생각되었다. 그러나 회장님은 전혀 그렇게 생각하는 것 같지 않았다.

민 사장이 사장실로 들어오니 장군 한 사람과 영관급 세 사람이 기다리고 있었다.

민 사장은 세 사람을 돌아보며 대답했다.

"회장님께서 이번에도 우리 군에게는 레이저포를 대당 삼백억만 받으라고 하십니다."

장군이 안도의 표정을 지으며 대답했다.

"그거 천만 다행입니다. 미국에게 판 가격이 있어서 안 된다고 하시면 어쩌나 했습니다."

"우리 회장님께서 워낙 애국심이 유별난 분이시라 이렇게 싸게 제공하는 것입니다. 그러니 군에서도 이점은 분명히 알아주셨으면 합니다."

"아! 그럼요. 회장님의 애국심이야 우리 군에서도 모두들 잘 알고 있지요."

"그런데 레이저포 80대면 우리 영토를 지키는 데 충분한 것입니까?"

이 말을 들은 장군이 펄쩍 뛰었다.

"레이저포 팔십 문 가지고는 어림도 없습니다. 우리 육군에서 요구하는 것만 이백 문이 넘습니다. 그러나 우리나라 군 재정이 그렇게 여유가 없습니다. 이번에 사십 문을 주문하는 것도 특별 예산을 통과시켜서 겨우 얻은 것입니다."

"그래도 독도 해전에서 대승을 거두지 않았습니까?"

"하하, 그것이 레이저포 때문이라는 것을 어떻게 알았습니까?"

"그냥 짐작한 것이지요."

"그렇습니다. 그 레이저포의 위력은 실로 대단 하였습니다. 만약 레이저포가 없었다면 일본과의 해전에서 매우 어려울 뻔하였습니다."

분위기가 자연스럽게 조성이 된 듯하자, 민 사장은 자신의 생각을 말했다.

"하하, 그렇다면 우리 윤 박사님께 큰 상이라도 드려야 하는 것이 아닙니까?"

장군은 이미 자신들로서는 할 만큼 했다는 표정으로 아무렇지 않게 대답을 했다.

"그러지 안아도 이미 감사패를 보내드렸습니다. 사실 공개적으로 큰 치하를 드려야 하는데, 레이저 무기가 우리나라의 극비로 되어 있어서 그렇게 하지 못하였습니다."

"우리나라에서 극비에 붙인다고 해도 벌써 일본과의 해전에서 사용했는데, 다른 나라에서 모르겠습니까?"

"일본은 여로 모로 생각을 했겠지만 그들도 자기들이 무엇에 당하였는지 확실하게 모를 것입니다. 그러니 다른 나라도 의심만 할 뿐이지 아직 확실한 것은 알 수가 없지요."

"그러나 미국은 알고 있지 않았습니까?"

"아닙니다. 미국도 확실한 것은 모르고 있었습니다. 그러나 여러 가지 정황을 보아 짐작은 하고 있었지요. 그래서 미국은 급히 우리나라에 국방성 장관을 보내어 확인한 것입니다."

"그런데 왜 미국에게 가르쳐주었습니까?"

"미국이야 우리나라와 동맹국인데다가, 이것을 숨기면 나중에 난처한 일이 생기기 때문이지요. 그 대신 우리도 필요한 무기를 구입하게 되지 않았습니까?"

"아무리 그래도 이번 장사는 우리가 손해인 것 같은 데요?"

"하하, 그렇긴 합니다. 그러나 먼 미래를 내다본다면 꼭 손해만은 아닐 것입니다."

"하여간 이 무기로 우리나라가 보다 강한 나라가 되었으면 합니다."

"우리 군도 그렇게 되도록 절치부심하여 노력하고 있습니다. 그러나 레이저포 팔십 문은 너무 적습니다. 이거를 몽땅 공군 전투기에 장착해도 모자라는 양입니다. 그러므로 한 이백 문만 더 있으면 우리 국토를 철벽수비를 할 수 있을 터인데… 좀 아쉽습니다."

민 사장이 엷은 미소와 함께 마치 암시를 걸 듯 대답을 했
다.

"그런 때가 곧 오겠지요."

형진이가 일찍 회사에 나와 신문을 보는데, 쿠웨이트의
석유 생산량이 절반 이상으로 줄어들었다고 나왔다.

또 사우디도 석유생산량이 30% 이상 줄어들었다고 발표
했다.

그뿐만 아니라 이란도 곧 석유생산량이 줄어 들것이라고
나왔다. 더불어 리비아도 곧 석유가 고갈될 것이라고 나왔
다.

이 신문을 보고 있으려니까 저절로 석유에 대한 공포가
생긴다.

이 소식이 전해지자 석유 값이 하루 사이에 10%나 오른
220불에 거래가 되었단다. 신문을 보고 있던 형진은 전지
회사를 맡고 있는 민 사장을 불렀다.

이미 새로 지은 사옥으로 회사를 이전하여 전지 회사와
투명금속 회사가 한 사옥 안에 거주하고 있어 곧 민사장이
들어온다.

형진은 민 사장을 보자 응접테이블이 있는 소파로 자리
를 안내하고 말했다.

"석유 값은 자꾸 오르는데 요즘 우리 자동차 전지의 판매량은 어떻습니까?"

"자동차용 전지도 꾸준히 판매량이 늘어나고 있습니다. 이젠 전기차가 대세가 되었습니다."

"그럼 자동차용 전지생산 설비는 지금 현재로써 충분 합니까?"

"아닙니다. 자동차용 전지 주문은 계속 늘어나고 있어서 공장이 부족합니다. 그래서 지금 자동차용 전지공장의 절반이 이부제로 운용 됩니다. 그리고 곧 새로 짓는 공장이 완공되면 자동차용 전지공장을 7개에서 10개로 늘릴 예정입니다."

형진이가 탄식하며 말했다.

"석유가 고갈되어가니 우리 전지가 잘 팔려 좋기는 하나, 세계 경제가 점점 어려워지니 큰일입니다."

그 부분은 민 사장도 깊게 우려가 되는 부분이었지만, 조금 다른 시각을 가지고 있었다.

"석유가 고갈되어가지만 석유 값이 오르는 것은 어느 정도 한계에 다다랐습니다. 석유 값이 220불이면 대체연료들의 수지타산이 맞습니다. 때문에 앞으로는 대체연료가 점점 더 많이 생산될 것입니다."

그러나 문제는 그렇게 간단하지 않았다.

지금 세계 각국들이 떠안고 있는 문제는 모두 연계가 되어 있었다. 때문에 어느 한 가지를 해결한다고 경제가 급속도로 좋아질 수는 없는 상황이었다.

"흠… 대체연료만으로 석유를 대신할 수 있겠습니까? 또 대체연료가 많이 생산되면 곡물 값이 당연히 오르지 않겠습니까?"

"아마도 그럴 것입니다. 대체연료 때문에 지난 십 년 동안 곡물가가 꾸준히 올랐습니다."

"그러니 큰 문제가 아닙니까? 후진국에서는 석유도 많이 사용하지 않는데 곡물가가 오르니 피해가 크지 않습니까?"

10여 년 전보다 굶어서 죽는 사람들의 숫자가 계속해서 늘어가고 있는 실정이었다. 이와 같은 현상은 빈민국들을 중심으로 빠르게 확산되고 있는 추세였다.

"그것은 그렇습니다. 선진국에서 석유를 많이 사용하는 바람에 피해는 후진국이 더 많이 입습니다."

"내가 들으니 세계 각국에서 전력을 사용하는데 또다시 석탄을 사용하기 시작 했다고 합니다. 덕분에 대기 오염은 점점 더 심해지고 있습니다. 그동안 인류가 공해를 방지하느라고 노력한 노력이 이제는 모두 허사가 될 것 같습니다."

두 사람은 심각한 표정으로 인류가 당면한 문제점들에 대해 전반적으로 짚어나가고 있었다.

"우리나라도 발전량이 팔천만 키로와트가 되지만, 이중 원자력 발전량은 40%밖에 안 됩니다. 우리나라는 이런 날이 올 것을 대비하여 원자력 발전소를 많이 세웠는데도 이러는데 다른 나라는 더욱 심합니다."

다가오는 에너지 전쟁.

식량 전쟁.

환경 전쟁.

이것들은 새로운 형태의 칼날이 되어 서서히 인류를 위협하고 있는 것이다.

"지금 전기자동차가 대세라 세상의 차가 거의 40% 정도가 전기차입니다. 이런 까닭에 전기 소비가 급격하게 늘어나 모든 나라가 발전소를 세우기에 바쁩니다. 그런데 그 발전소의 연료를 대부분 석탄을 쓴다는데 큰 문제가 있습니다."

형진은 다시 탄식했다.

"전기차를 생산하면 공해가 줄어들 줄 알았는데, 오히려 공해가 늘어나게 생겼습니다."

"이런 어려움을 돌파하려면 하루 속히 핵융합로가 나와야 합니다."

"나도 그것에 대하여 많은 관심을 가지고 있지만, 핵융합로는 단시일 안에 개발될 것 같지가 않습니다."

"아무리 어려워도 인류는 반드시 대체연료를 만들어 낼

것입니다."

그래야만 살 길을 열어갈 수 있게 될 것이다.

잠시 심각한 표정으로 차를 마시던 두 사람은 이내 내부로 시선을 돌렸다.

"그럼 주문형 전지도 잘 나가겠군요?"

"주문형 전지의 수효도 꾸준히 늘어나고 있습니다."

"주문형 전지의 생산 설비는 충분합니까?"

"지금 주문형 전지공장이 8개가 있는데, 그중 세 개가 이부제로 운영되고 있습니다. 그래서 이번에 아파트형 공장이 완공되면 주문형 전지공장 세 개와 자동차용 전지공장 세 개를 설비할 생각입니다."

"그럼 올해 전지 매출은 어느 정도나 늘어나겠습니까?"

"현 상태를 유지한다면 매출이 10% 이상은 늘어날 것입니다. 올해 우리 회사 매출 목표가 50조입니다. 아마 이변이 일어나지 않는 이상 이 목표를 꼭 달성할 것입니다."

민 사장이 나가고 조금 지나니, 진수가 화가 잔뜩 나서 들어왔다.

진수의 표정을 본 형진이가 한마디 했다.

"이봐. 왜 그렇게 부어터졌어?"

"야. 내가 화 안 나게 생겼냐? 글쎄. 우리 회사의 한 박사를 중국 기업에서 포섭하려 하였지 뭐냐?"

"그 사람은 왜?"

진수가 답답한 듯 제 가슴을 두들겼다.

"아니! 그것을 몰라서 물어? 우리 회사의 투명금속 제조법을 뽑아가려고 그러는 것이지 뭐야?"

이때야 형진이가 정신이 번쩍 들어 급히 물었다.

"그래서 어떻게 되었어?"

"그야 당연히 실패했지?"

"당연히 실패했다니? 왜 실패를 해? 돈을 조금 준다고 한 것이야?"

그러자 진수가 눈을 동그랗게 뜨고 형진에게 따지듯 물었다.

"뭐야? 너는 지금 중국에서 실패한 것이 불만이란 것이야?"

"아니, 그런 말이 아니고. 그쪽의 조건이 뭐였는데?"

"중국 N제철소에서 포섭하려 했는데, 조건은 현찰 일억 달러와 부사장 자리를 주겠다는 것이었다. 그리고 중국 시민권까지 주겠다는 것이야."

"아니, 그렇게 좋은 조건을 한 박사는 왜 굳이 거절한 것이야?"

이 말을 들은 진수가 눈을 흘기며 다시 말했다.

"한 박사가 블랙홀에 대해서는 다 알지 못하거든. 그러므로 그 사람을 포섭해보았자 투명금속을 만들 수가 없다.”

“아하! 그런 것이야. 거 중국 사람들이 해킹에 천재라는데 그럼 우리 연구소를 해킹하면 되지 않아?”

“아니! 우리연구소 컴퓨터가 고속도로인 줄 알아? 아무나 들어와 해킹을 하게.”

“아무리 보안이 철저해도 뚫으려는 사람을 못 당한다면서.”

진수는 형진이를 못마땅한 얼굴로 쳐다봤다.

“우리 컴퓨터를 해킹해도 소용없어. 윤 박사님이 연구원들에게 각각 다른 파트의 연구 과제를 주고 연구하게 하였거든. 그래서 블랙홀의 전체를 아는 사람은 오직 윤 박사한 사람뿐이야. 그리고 컴퓨터 속엔 블랙홀의 설계도가 없어. 그 설계도는 우리 회사의 금고 속에 잘 보관하고 있거든.”

신기술에 대해서는 무조건 보안이 최고였다.

그 점을 강조하고 애초 처음부터 이렇게 대비를 한 것이다. 그럼으로 인해 중국에게 기술이 유출되는 것을 방지할 수 있게 된 것이다.

진수가 자랑스러운 표정으로 말을 이었다.

“그러니 어떤 방법을 써도 블랙홀 설계도를 뽑아갈 수는 절대로 없어.”

“그야 윤 박사를 꼬셔서 가면 되지 않아?”

그러자 진수가 형진을 한동안 한심스럽다는 표정으로 노려봤다.

"아니! 너는 지금 그것을 말이라고 하니?"

"그래도 세상에는 완벽……."

진수는 형진의 말을 중간에서 잘라버리고 자신의 말을 이어나갔다.

"그리고 윤 박사는 우리 회사의 주식을 십만 주나 가지고 있어. 매년 배당금만 십억씩 받고 있다고. 거기에다 이번에 무상주 십만 주를 더 받았으니, 내년부터는 배당금을 이십억씩 받을 것이다."

윤 박사가 회사에 돈을 벌어준 만큼 회사에서도 윤 박사와 그 일행들에게 파격적인 혜택을 제공해주고 있었다.

"또 연봉도 일억이천만 원인데, 그런 사람을 돈으로 포섭할 수 있겠어? 너는 도대체 어느 편이냐?"

"나? 나야 당연히 내 편이지. 그럼 투명금속은 안전한 것이야?"

"그래. 내가 윤 박사님을 만나서 아주 신신당부를 했다."

"그래, 그거 잘했다. 그런데 다른 연구원들에게도 좀 더 생각해주어야 하는 것 아니야?"

그러자 진수가 느물거리는 시선으로 형진에게 물었다.

"왜. 이제 겁이 좀 나니?"

"그래. 네 말을 들으니 등줄기가 아주 서늘하다."

"그러나 그렇게 할 수는 없다. 연구원들은 이미 충분한 월급을 받고 있으니까."

"좋아. 투명금속만 안전하다면 만사형통이지."

"그래도 조심해야지. 전 세계가 모두 우리의 투명금속을 노리고 있으니까."

조그만 틈이라도 있으면 언제든 파고 들어올 것이다. 아니 틈이 없다면 만들어서라도 핵심 기술을 빼내가기 위해 다들 혈안이 되어 있었다.

이제 세상은 미리내의 성공신화가 어디에서 기인했는지 모두 잘 알고 있었기 때문이다.

따라서 형진과 진수는 가벼운 듯 농담처럼 그런 말들을 주고받고 있었지만, 실질적으로 이들이 기술 유출을 방지하기 위하여 들인 공은 상상을 초월할 정도였다.

그렇지만 이들은 결코 거기에서 자만하지 않고 일어날 수 있는 모든 경우의 수를 감안하여 철저하게 보안과 통제를 유지하고 있었다.

"그런데 투명금속 공장 건설은 잘 진행되는 것이냐?"

"지금까지는 아무런 문제가 없어. 앞으로도 별다른 문제가 없을 것이다."

형진은 만족하여 머리를 끄덕인다.

"투명금속은 여전히 잘 나가는 것이야."

이번엔 진수가 한숨을 내쉬며 말했다.

"매일 주문이 십오만 톤이 넘는다. 그런데 우리공장을 이부제로 풀가동해도 하루 생산량이 십이만육천 톤이다. 그러니 매일 매일 수량이 부족해서 아주 쌩 난리다."

형진은 얼굴에 미소를 머금었지만 속으로는 진수가 너무 고생이 심한 것 같아 안타까웠다.

"네가 힘들기는 하겠지만 주문이 많이 들어오는 것은 우리에게 좋은 일이다."

그 점을 모르지 않는 진수였지만, 형진에게 이죽거리는 것을 잊지 않았다.

"내가 아무리 힘이 들어도 너는 무조건 돈만 벌면 된다 이거지."

"하하, 무슨 말을 그렇게 섭섭하게 하냐? 나도 네가 힘든 것을 원치 않아. 그러나 공장을 한꺼번에 사십 개나 지으면서 왜 걱정이 안 되겠냐. 하여간 내년부터는 좀 여유가 있지 않겠어?"

그러나 진수가 보기에는 그렇게 위안을 삼을 만한 상황이 아니었다.

"그것은 그때 가봐야 알아. 우리 투명금속이 하도 광범위하게 사용되니까 소비가 계속 늘어나고 있어."

갑자기 형진이 정색을 하고 입을 열었다.

"내가 계산해보니 투명금속이 매일 삼십만 톤은 나가야 우리 회사가 세계에서 제일 큰 회사가 된다. 그러니 그날까지는 마음을 단단히 먹고 일에 매진해야 한다."

이번에도 진수는 어처구니없다는 표정으로 형진을 바라
봤다.

"또 세계 제일 타령이야. 정말 그럴 생각이 있으면 우리
전용 항구가 있어야 해. 지금도 인천항만으로는 부족하여
저 멀리 포항으로까지 실어 나르는 판이다."

그 부분은 이미 예전부터 대두가 되었던 문제였다.

미리내 자체 항을 보유하게 되면 여러 가지 면에서 미리
내가 유리한 고지를 확보할 수 있게 되는 것이다.

"항구 문제로 정부와 그동안 여러 번 교섭을 해보았지 않
은가? 그런데 아직까지는 별다른 진전이 없잖아?"

"정부에서 남양만 근처에 항구를 만들도록 허락을 했다.
그런데 땅 매입을 곧 시작해야 해."

한시가 급한 형진은 급한 마음을 숨기지 않고 진수에게
쏟아냈다.

"그렇다면 빨리 서둘러야지. 총무부에 연락해서 빨리 땅
을 매입하라고 해."

그럼에도 진수는 느긋했다.

"뭐, 그렇게 서둘 필요는 없어. 그곳 땅은 대부분 정부의
소유라서 땅은 일부분만 매입하면 되니까."

"정부 땅도 우리가 사들여야 하는 게 아닌가?"

"당연히 사들여야지. 그러나 그것은 개인 땅과 달라서

서두를 필요가 없어. 지금 서두를 것은 항구의 설계를 빨리 만들어야 하는 것이다."

형진이 고민스런 표정으로 물었다.

"그것을 누구에게 맡겨야 하는가?"

진수는 형진을 똑바로 바라보며 당연하다는 듯 대답을 했다.

"당연히 우리 고모부 회사에 맡겨야지. M건설회사는 항구를 두 번이나 건설해본 경험이 있다. 그러니 그 회사에 맡겨야 잘 설계할 것이야. 그리고 무엇보다 그 회사는 일을 아주 신속히 처리하거든."

형진이 의심이 가득한 시선으로 진수의 두 눈을 들여다보면서 물었다.

"너 혹시 고모부 회사의 주식 가지고 있니?"

"그게 무슨 소리야? 내가 왜 고모부 회사 주식을 가지고 있어?"

펄펄 뛰는 진수를 향해 형진이 느물거리는 표정으로 천천히 말을 했다.

"우리 회사의 모든 건설을 너희 고모부 회사에만 맡기니까 하는 말이다."

진수가 한차례 헛기침을 한 후 입을 열었다.

"사람은 서로 돕고 살아야 해. 우리 고모부 회사니까 당연히 우리 회사 공사를 도맡아하는 것 아니야?"

"와! 사람 죽인다. 네 고모부가 나하고 무슨 상관이 있다고 우리 회사 공사를 몽땅 그 회사에 맡기는 것인데?"

마침내 진수가 얼굴을 붉히면서 흥분한 듯 소리를 쳤다.

"아. 글쎄… 그 문제는 자꾸 거론하지 말라고. 사람 난처하게 왜 자꾸만 그래?"

"이번 항구 공사는 막대한 돈이 드는 공사인데, 설계와 공사를 또 그 회사에 맡긴단 말이야?"

"아! 글쎄. 자꾸 그렇게 따지면 나만 난처하게 되지 않아? 그 회사가 공사하나는 끝내주게 잘 해주니까 무조건 믿고 맡기라고."

잠시 말을 멈춘 진수가 이번에는 사정조로 말을 시작했다.

"그리고 내 고모부인데 난들 어쩌라고? 친구 사이에 이런 일로는 서로 다투지 말자고."

형진은 못마땅하지만 진수의 입장을 고려해서 그쯤으로 끝낸다.

"그럼 배는 한 번에 몇 척이나 접안할 수 있게 항구를 지을 것이야?"

"삼만 톤 이상의 배 여섯 척이 한 번에 접안하도록 설계하도록 했어."

"그 정도면 되는 것이야?"

"그곳 지형이 그 정도밖에 못한대."

"그럼 항구가 완성되어도 충분하지 못하단 말이 아닌가?"

진수가 서둘러 답변에 나섰다.

"아니야. 그 정도 항구면 하루에 삼십만 톤 정도는 감당할 수 있대."

"그럼 최대한 서둘러서 항구를 완성하도록 해."

"그렇지 않아도 그럴 생각이다."

"그 항구가 완성되는데 몇 년이나 걸려?"

"지질 조사와 설계하는데 일 년이 걸리고, 항구를 건설하는데 이 년이 걸려."

"그럼 한 삼 년 동안은 그냥 지금처럼 고생을 해야 하겠구나?"

"그 정도는 어쩔 수 없지 않아."

볼일을 마친 진수가 회장실을 나갔다.

형진은 나름대로 생각에 잠겼다. 항만 공사를 공개 입찰을 붙이면 더 저렴한 비용으로 공사를 진행할 수 있지 않을까라는 그런 생각이었다.

한동안 생각에 잠겨 있던 형진은 이내 고개를 흔들면서 상념을 털어내는 듯하였다.

그리고 이내 마음을 다잡고는 책상에 앉아서 서류를 들여다봤다.

형진이 한참 일을 하고 있는데 비서가 들어왔다.

"회장님 연구소 소장님이 오셨습니다."

"그래, 어서 들어오시라고 그래."

곧 문이 열리며 경호와 윤 박사가 들어왔다.

형진은 벌떡 일어나 소파로 두 사람을 안내했다. 자리에 앉으면서 먼저 형진이 입을 열었다.

"윤 박사님, 오래 간만입니다."

"하하, 일이 많아서 그동안 회장님을 자주 뵙지 못했습니다."

형진은 경호를 쳐다보며 말했다.

"이 친구야, 너는 왜 그동안 꼼짝도 안 해?"

경호가 멋쩍은 미소와 함께 핑계를 늘어놓았다.

"연구소 소장이 회장실에 자주 올 일이 있나? 사실은 나도 상당히 바빠."

"바쁘다고? 그거 좋은 일이지. 사람은 바빠야 사는 보람이 있는 것이야."

흐뭇해하는 형진에게 경호가 만면에 미소를 짓고 윤 박사를 바라보다가 입을 열었다.

"윤 박사님이 이번에 또 다른 레이저포를 개발하셨다. 그래서 온 것이야."

"그거 좋은 일이지요. 종류가 다양해야 팔아먹을 게 많지요."

그러자 경호기 질린 표정으로 빽하고 소리를 쳤다.

"아니! 넌 무조건 어떻게 팔아먹을 생각만 하는 것이냐?"

형진이 당연하다는 듯 대답을 했다.

"그럼 장사꾼이 장사할 생각만 해야지. 그게 당연한 것이다. 그런데 그 무기는 어떤 것이야?"

형진이 말이 끝나자 윤 박사가 입을 열었다.

윤 박사의 자세한 설명이 이어지자 형진은 집중을 했다.

"이번에 개발한 것은 레이저 구경이 2mm 정도에 불과한 것입니다. 지금 생산하는 레이저포의 구경은 지름이 1cm입니다. 그리고 사정거리가 대략 180km 정도이고요. 그러나 이번에 개발한 것은 사정거리가 90km밖에 안 됩니다만, 그 무게가 가벼워 다양한 용도로 사용할 수 있습니다."

"두 무기의 무게 차이는 구체적으로 어떻게 다릅니까?"

"지금 생산하는 레이저포는 무게가 360kg 정도입니다. 그러나 이번에 개발한 레이저포는 그 무게가 120kg 정도입니다."

"무게가 가벼운 대신 위력이 약하지 않습니까?"

"예. 그렇게 말할 수도 있습니다. 그러나 두 무기는 사용 방법에 다소 차이가 있습니다."

윤 박사는 신중한 표정으로 설명을 이어가기 시작했다.

"지금 우리군은 이 무기를 주로 대공 방어에 사용하고 있습니다. 그러나 이 무기는 공격하는데도 아주 유용합니다. 이 무기로는 적의 군함이나 전차도 공격할 수 있습니다. 그런데 우리 군은 이 무기를 대공 방어용으로만 쓰려고 합니다. 그래서 이번에 전문적인 대공 방어 무기로 레이저포를 만든 것입니다."

"그렇다면 두 무기 사이에 특별히 다른 용도라도 있단 말씀입니까?"

"우리 레이저는 일반 레이저와는 많이 다릅니다. 일반 레이저는 전기만 통하면 레이저빔을 계속 발출할 수 있습니다. 그러나 우리 레이저는 화합 물질에 전압을 가하여 레이저빔을 발출 하는 것입니다."

형진은 전문적인 분야라서 선뜻 이해가 되지는 않았지만 그래도 집중을 유지했다.

"이것은 응집된 고출력에 에너지를 발출하는 것이라 목표물에 맞으면 에너지가 확산됩니다. 그래서 지름 1cm 의 레이저 빛이 목표물에 맞으면 지름 30cm 파괴하게 됩니다."

"그럼 새로 만든 레이저포의 성능은 어떻습니까?"

"이번에 만든 레이저도 지름이 2mm에 불과하지만, 목표에 가서 맞으면 에너지가 확산되어 지름 6cm나 되는 큰 구멍을 냅니다. 다시 말해 다른 레이저는 지속적으로 레이

저 빛을 발출할 수 있지만, 우리 레이저는 한순간만 레이저 빛을 발출할 수밖에 없습니다."

"아! 그렇군요. 저번에 보니 우리 레이저포는 레이저를 발사하기 위하여 탄피 같은 것을 사용하던데요."

"예. 그렇습니다. 우리 레이저는 그 탄피 속에 레이저를 발생시키는 화합물이 들어 있습니다. 그런데 지금 만들고 있는 레이저는 한 번에 그 탄피를 8개밖에 장전할 수 없습니다. 그러나 이번에 만든 레이저포는 한 번에 200발을 장전할 수 있습니다."

형진은 만족한 듯 가만히 고개를 끄덕였다.

이번의 신무기 또한 연구원들의 땀의 결정체일 것이다. 윤 박사의 설명이 계속해서 이어졌다.

"이 레이저포는 각종 미사일이나 전투기를 격추시킬 수 있을 뿐만 아니라, 상대편이 쏘는 대포알까지 파괴시킬 수 있습니다."

형진은 자신도 모르게 감탄을 터트렸다.

"헛 참! 정말로 대단하군요."

잠시 미소를 지어 보인 윤 박사가 다시 설명을 시작했다.

"물론 지금 만들고 있는 레이저포로도 그렇게 할 수 있으나, 그것은 실탄이 8발밖에 안 되어 다 쏘고 나면 또 실탄을 장전해야 합니다. 한번 장전하는데 삼 분이나 걸리니 상대편이 쏜 대포알을 막는 것에는 어려움이 많습니다."

"그런데 굳이 한 번에 200발까지 레이저포를 발사할 일이 있겠습니까?"

"내가 들으니 북한이 우리 수도인 서울을 공격한다면 그들이 가지고 있는 장사포로 한 시간 안에 일만 발이나 서울에 퍼부을 수 있다고 합니다. 저들이 만약 이런 짓을 한다면 무엇으로 그 로켓포탄을 막아내겠습니까?"

막막할 따름이었다.

"그러나 이번에 만든 레이저포 이십 문만 가지면 충분히 막을 수 있습니다. 이번에 만든 레이저포는 방어용으로는 먼저 만든 레이저포보다 월등히 유리합니다."

"그 대신 파괴력이나 사정거리가 짧지 않습니까?"

"그렇습니다. 그 대신 대륙간 탄도탄 같은 것은 막아내기 어렵습니다."

"그런데 이 레이저포를 사용하려면 뛰어난 레이더와 사격통제 장치가 필요하지 않겠습니까?"

"물론 그렇습니다. 그러나 그런 것은 이미 우리 군이 가지고 있습니다."

잠깐 동안 장고에 들어갔던 형진이 눈을 뜨고 윤 박사에게 물었다.

"그런데 미국이 주문한 레이저포는 어느 정도나 진척 되었습니까?"

"이미 80대를 납품하였습니다. 이제 곧 40대도 납품하

게 될 것입니다."

"그럼 우리 군에서 주문한 레이저포는 어떻게 됩니까?"

"그것은 다음 달부터 제조하게 될 것입니다."

"그럼 우리 군에게 새로 개발한 레이저포를 알려주어서 그들로 하여금 어떤 레이저포를 주문할지 선택하게 해 주십시오."

"그러지 않아도 곧 군에게 새로 만든 레이저포의 자료를 보내려고 합니다."

"그렇게 하세요. 우리 군이 형편이 넉넉한 것도 아니니 레이저포를 이중으로 사들이게 해서는 안 되지요."

"곧 군에서 실험해보고 잘 선택할 것입니다.

"그런데 이번에 만든 레이저포의 가격은 얼마나 됩니까?"

"뭐 가격 차이는 별로 안 납니다. 그러니 먼저 받은 가격으로 팔면 됩니다."

"우리 군이 이 무기로 우리 서울을 철통같이 보호해 주었으면 합니다."

"하하, 그러기엔 우리 군이 갖고 있는 레이저포가 많이 부족할 것입니다."

"아! 그래요? 그렇다면 곤란한데……."

이 말을 들은 경호가 나선다.

"그 레이저포 원가가 오십억 정도밖에 안 되는데, 우리 육군에게 조건부로 한 20대 정도를 그냥 무상으로 주는 것은 어때?"

"무상으로 준다고! 그런데 조건부라니?"

"너는 서울이 북한의 장사정포에 초토화되는 것이 싫은 것 아니야?"

"아니! 그게 왜 나쁜이야? 우리나라 사람이면 다 싫어할 일이지."

"하여간 그들의 장사정포와 대포를 막으려면 새로운 레이저포가 꼭 필요하거든. 그러니 육군에게 서울을 방어하는데만 쓰라고 한 20대 정도를 기부하면 안 되겠냐? 그래 보았자 한 일천억만 손해보면 되는데?"

"글쎄… 그런데 육군에서 그런 조건을 받아들일까?"

문제는 그것만이 아니었다.

"그리고 그렇게 했다고 하고서는 그 레이저포를 다른데 사용하면 그만이 아닌가? 우리가 그것을 어디다가 쓰는지 어떻게 알겠어?"

부정적인 형진의 견해에 경호가 설마 하는 표정으로 대답을 했다.

"에이! 군에서 약속해놓고 어길 리가 있나. 약속한 것은 반드시 지킬 것이다. 그리고 우리나라 입장에서 수도 서울을 지킨다는 것은 대단히 중요한 일이야. 군에서 서울을 지킬 수 있는 일을 포기할 이가 없지."

"그런데 그 레이저포가 정말 날아오는 대포탄환을 막아 낼 수 있는 것이야?"

이 말을 들은 윤 박사가 싱긋이 웃으며 대답했다.

"확실한 사격통제 장치만 있다면 충분히 가능합니다. 우리 레이저포 20문만 서울 북쪽에 배치하면 초당 40발의 장사정포 탄환과 대포 탄환을 공중에서 모두 제거할 수 있습니다."

"대포 탄환이 크고 작은 것이 있는데 그것을 어떻게 다 막아냅니까?"

"그거야 사전에 컴퓨터로 필요한 구경의 대포 탄환만 막 게 하면 됩니다. 그런 것이야 군에서 어련히 잘 알아서 하겠습니까?"

형진은 이해가 안 되는 듯 머리를 갸웃 거린다. 그러자 경호가 나선다.

"야! 북한에서 대포를 쏜다고 다 서울까지 날아오는 것이 아니다. 서울까지 날아오는 대포는 그렇게 많지 않아. 하여간 별걸 다 걱정 해."

"알았어. 내가 좀 더 생각해보고 결정할게."

"아니! 생각은 무슨 생각? 일천억 드려서 서울을 방어 할 수 있다면 백 번이라도 해야지."

"아! 글쎄 알았다니까? 짜식! 제 돈 아니라고 막 인심 쓰고 있어."

이 말을 들은 윤 박사가 빙긋이 웃으며 다시 말했다.

"조금 있으면 레이더 연구소에서도 좋은 소식이 있을 것입니다."

"그래요. 그런데 레이더에서 뭐 좋은 게 나올 수가 있습니까?"

윤 박사가 아직 밝히지는 않고 자부심이 가득한 환한 표정으로 대답을 했다.

"아! 그러고 말구요. 아주 대단한 레이더를 연구하고 있습니다."

"대단한 레이더라니요?"

"그 연구소에서는 스텔스를 잡아내는 레이더를 연구하고 있었습니다. 우리 레이저포가 대단하다곤 하나, 그것도 적기를 레이더로 포착하지 못하면 아무런 소용이 없습니다."

맞는 말이었다.

레이더에 포착된 다음에 반격을 가할 수 있는 것이다.

"그래서 정 박사에게 연구를 하라고 한 것입니다. 그분은 그전부터 스텔스기를 잡는 데 많은 관심을 가지고 있었거든요. 다만 마땅한 연구소와 연구비가 없어서 연구를 못했었는데 회장님이 지원을 허락하셔서 본격적으로 연구를 하게 된 것입니다."

"그래, 그 스텔스를 잡아내는 레이더를 벌써 만들어 냈

습니까?"

"예. 그렇습니다. 아주 좋은 레이더를 연구해내었습니다."

"만약 스텔스기를 잡아내는 레이더를 만들었다면 스텔스기가 더 이상 두려운 존재가 아니지 않습니까?"

"그야 당연히 그렇지요."

"그런 레이더를 우리가 그렇게 쉽게 만들 수 있습니까?"

"하하, 모든 연구는 빛살처럼 스쳐가는 영감에서 나오는 것입니다. 정 박사는 바로 그 영감을 얻은 사람입니다. 그럼에도 그의 연구원 십여 명이 밤낮을 가리지 않고 연구하여 이룩한 그야말로 위대한 성과입니다."

"그래요. 그렇다면 나라를 위하여 좋은 일을 한 것이군요. 그런데 어떻게 만든 것입니까?"

"원래 저주파 레이더에는 스텔스기도 잘 잡힙니다. 그러나 그 레이더에는 각종 잡동사니가 다 잡혀서 쓸모가 없습니다. 그것을 대공레이더와 비교하여 컴퓨터로 잡동사니를 모두 제거하는 것입니다. 그럼 이동물체만 남습니다."

윤 박사의 진지한 설명이 이어지고 있었다.

"이중에 그 속도로 필요 없는 것을 다 소거하면 전투기 유도탄 같은 것만 잡히는 것입니다. 이중에 스텔스기도 포함되지요. 정 박사는 이 레이더를 삼상레이더라고 부른답니다. 이 레이더는 세 개의 레이더를 종합하여 만든 것이라고 합니다."

형진은 머리를 끄덕이며 만족해했다.

"우리나라를 위하여 큰 공을 세웠습니다. 그런데 그레이더는 스텔스기만 잡는 데 사용합니까?"

"아닙니다. 대공레이더로서 아주 탁월한 능력이 있습니다. 만약 그 레이더에 우리 레이저포를 연결하면 북한에서 대포동 로켓포를 쏜다 하여도 다 막아낼 수 있습니다. 그만큼 그 레이더의 성능은 뛰어납니다. 또 필요하다면 전투기에도 장착할 수 있습니다. 하여간 내가 보아도 아주 놀라운 성능입니다."

"하하, 윤 박사님이 그렇게 칭찬하시는 것을 보니 대단하기는 대단한가 봅니다."

형진은 윤 박사의 설명에 귀를 기울이면서 가슴속에서 잔잔하게 퍼져 나오는 그 어떤 흐름을 가만히 음미하고 있었다.

전지에서 투명금속과 레이저포까지.

기연에 가까운 인연들로 인해 오늘날 지금의 자리에까지 오른 형진이었다.

그러면서 그가 돈을 많이 벌어갈수록, 그리고 세상을 더 많이 알아갈수록 자신에게 주어진 길이 조금씩 뚜렷하게 보이기 시작했다.

그리고 지금까지 걸어온 길을 되돌아보기도 했었다.

이제 윤 박사가 들고 온 신기술은 자신과 미리내를 또다시 한 단계 도약시키는 계기가 될 것이다.

그 중심에서 자신은 지금보다 더욱 치밀하고 치열하게 준비를 해야 한다는 생각에 형진은 한차례 호흡을 길게 가다듬었다.

〈4권에 계속〉

어울림 B O O K S
신인 작가 대모집!

무한한 상상력과 뜨거운 열정을 가진 작가 여러분을 기다리고 있습니다.
창작에 대한 열의가 위대한 작품으로 꽃피울 수 있도록 저희 어울림 출판사가
여러분의 힘이 돼드리겠습니다.

지금 도전하십시오!

분야 : 현대 판타지, 퓨전 판타지, 팜므 판타지, 무협 등 장르문학
대상 : 열정을 가진 모든 작가
기한 : 수시
접수 방법 : 이메일 접수 또는 당사 홈페이지 원고투고란을 이용해
　　　　　주십시오.
접수 파일 작성 방법 :
▷ 작품 접수 시 '저자명_작품명.hwp'(한글 파일)로 통일
▷ 파일 안에 포함되어야 할 내용
　- 성명(필명인 경우 실명), 연락처, 이메일 주소, 집필 의도
　- 현재 연재하고 계신 분은 연재사이트와 아이디, 제목
　- 전체 줄거리, 등장인물 소개(A4 용지 5매 이내)
　- 본문(15~16만 자 이내)

채택된 작품은 정식 계약을 통해 출판물로 간행됩니다.
간행된 출판물은 당사의 유통망을 이용하여 전국 서점으로 배포됩니다.
※ 문의 사항은 **당사 홈페이지**(www.oulim.com)을 이용하시기 바랍니다.

서울시 마포구 서교동 395-64 회산빌딩 302호 / 어울림 출판사 신인 작가 담당자
전화 02) 337-0120 / **E-mail** flysoo35@nate.com